Bologna 05 gennaio 2022

edito Una vita di stelle library

Group A.V. ITALIA S.R.L.

unavitadistelle@gmail.com

www.unavitadistelle.com

Bologna

Questa raccolta di poesie è un'opera di fantasia.

Nomi, personaggi, luoghi e avvenimenti sono frutto dell'immaginazione dell'autrice o usati in modo fittizio.

Ogni somiglianza a luoghi o eventi reali o a persone realmente esistenti o esistite è non voluta e puramente casuale.

GRUPPO A.V. ITALIA S.R.L. 05 gennaio 2022

PATRIZIA FUSARO

PENSANDO ALLE ROCCE

PREFAZIONE

Patrizia Fusaro, di nuovo lei.

Feroce e gelida, struggente e maleficamente cinica, sempre lei, scrittrice controversa e unica, interpreta sé stessa in una vita stretta, nella scrittura evade e vola. Lontano.

Persone, animali, amici, suoi personaggi unici e indimenticabili per noi perché sono acutamente e impietosamente veri.

Forse Patrizia Fusaro vi conquisterà per l'animo buono e sensibile, forse per la crudità delle vicende che narra come fossero poesie per infanti. Infanti crudeli che imbastiscono bombe nei garage di periferia e brandiscono mitra per congelare i vicini.

Eppure gli elefanti diventano vivi e gioiscono leggiadri per la loro esistenza.

Ed è questo Patrizia Fusaro e i suoi scritti, il ringraziamento alla sua esistenza e il mantra della gratitudine per aria, cielo, sole, cibo.

Non fatevi stordire dalla forza impetuosa dei suoi personaggi, lei stessa è la roccia nella tempesta. E come la roccia, impassibile nella sua stolida immobilità, muove le parole.

AFORISMI

Gli esseri umani sono degli animali sociali, interpretano una propria realtà, pretendendo che ogni persona sia simile a loro, ma non è così che funziona la vita, ogni persona dovrebbe essere libera di esprimere le proprie opinioni, senza cercare mai di assomigliare ad altre persone, chi vuole assomigliare al mondo ha perso di vista la propria esistenza.

Non amo respingere la mia solitudine, ma amo ascoltarla in silenzio.

Sto bene anche provando il mio dolore, fa male lo ammetto, ma lui mi ricorda che io sono una persona.

La gente normale, misera di intelligenza, leggendo le mie frasi penserà che io sia folle, ma la vera follia sta nella loro ignoranza.

Non tollero alcune menti stupide, ma ho la consapevolezza che l'intelligenza non appartiene a tutte le persone, purtroppo!

La propria realizzazione personale, l'educazione, il rispetto verso sé stessi e verso gli altri, i valori ci renderanno persone autentiche.

Recitare un copione è l'arte che appartiene agli attori, ma è l'arte anche delle persone stupide.

Mi illumino, sognando.

Beato colui che non vuole imitare, che non vuole invidiare, che non è possessivo verso le altre persone, beato colui che sa essere una bella persona.

Se l'egoismo fa parte del mondo, io preferisco vivere, sognando ad occhi aperti.

‘O scannatore qui comando io, la mafia sono io.

Siamo a Torino nel 1951 7 marzo, nacque Carlo Santella, figlio di Leonardo Santella e di Giulia Mirante.

Dopo Carlo la coppia di sposi embè una figlia femmina che chiamarono Erminia.

Passarono gli anni e Carlo diventò un ragazzo di 19 anni, non aveva studiato perché la sua famiglia non poteva permettersi di mandare sua figlia a scuola, tua sorella Nina che era appena fidanzata in casa con Antonio Russo un bravo ragazzo onesto e lavoratore; lavorava nei cantieri come muratore mentre Erminia restava casa a badare la famiglia insieme sua madre.

Carlo diventato adolescente (anzi un giovane ragazzo non amava lavorare ma si dedicava a ben altro, a rubare), preferiva rubare nelle case delle persone più ricche e più benestanti della sua famiglia, il bottino che rubava insieme al suo amico Sergio Cimino un altro ragazzo di Torino lui figlio di un padre delinquente Salvatore Cimino di sua madre che non si avevano notizie da ormai cinque anni, perché aveva abbandonato suo marito e la sua famiglia, insieme al suo amico Carlo vendeva il bottino per strada e guadagnava un bel po' di denaro anche se illegalmente ma lui amava essere un delinquente.

Carlo aveva un sogno nel cassetto quello che diventare un boss comandare le zone più malfamate di Torino come (San Salvario).

Il padre di Carlo il signor Leonardo era venuto a conoscenza delle faccende di suo figlio sapeva che Carlo si era messo nella cattiva strada con il suo amico Sergio.

Leonardo molte volte aveva discusso con suo figlio Carlo ma il ragazzo non voleva sapere nessuna ragione; era convinto della sua scelta e non gli importava nulla di infangare il nome della sua famiglia.

Il giorno dell'otto maggio del 1970, mentre Carlo con Sergio stavano rubando nel quartiere Mirafiori dove viveva Ferraro Giorgio; un imprenditore industriale, che lavorava in una fabbrica di proprietà di famiglia, una fabbrica di liquori chiamato Amaretto di Torino, Carlo fu arrestato con il suo amico Sergio perché ragazzi si trovarono faccia a faccia con l'imprenditore con sua moglie Clotilde nel loro piccolo bambino di 6 anni Mario, Sergio riesce a scappare via dalla finestra mentre Carlo era rimasto a casa a rubare il ragazzo agisce per impulso e spara alla testa tre colpi di pistola e lo uccide sul colpo.

Dopo aver ucciso il signor Giorgio Carlo riesce a scappare ma per fortuna non fece del male né alla moglie dell'imprenditore nè al suo piccolo bambino.

Nel frattempo la moglie del signor Giorgio aveva avvisato la polizia dove disse chiaramente di aver visto in faccia l'assassino di suo marito.

Dalla descrizione la polizia non aveva alcun dubbio, l'assassino era Carlo Santella doveva essere subito arrestato e messo in prigione.

Sergio aiuta a far evadere il suo amico (Carlo da Torino) perché se veniva arrestato doveva passare tutto il resto della sua vita in carcere.

Con l'aiuto di Sergio Carlo arriva a Salerno in una città portuale sud ovest di Napoli in questa città abitava Don Finuzzo Abbastante.

Il quartiere dove abitava il mafioso si chiamava San Leonardo.

Don Finuzzo era un camorrista di 45 anni; orgoglioso di questo ragazzo arrivato da Torino figlio di persone oneste che aveva assassinato un imprenditore.

Il camorrista però aiuta a nascondersi come latitante, nel suo seminterrato, lì era al sicuro dalla polizia di Torino perché lo stava cercando.

Sergio purtroppo dopo qualche mese che il suo amico Carlo era evaso da Torino, fu arrestato per furto e scasso (aveva rubato una macchina berlina media 124 targata CO345) era del signor Rossi Giacomo; un medico odontoiatrico della città, Sergio per il momento non disse nulla e chiese aiuto al suo amico Carlo per evadere da Salerno che in carcere rimase in silenzio.

Don Finuzzo aiutava Carlo perché lo vedeva come un sicario, il camorrista aveva dei conti in sospeso con dei mafiosi di Napoli: don Nicola Abbruzzese e Don Cataldo Catalano, i due boss erano a capo del narcotraffico ovvero il commercio di sostanze stupefacenti eroina o cocaina marijuana, gli uomini avevano tolto fuori dai loro affari Don Finuzzo, Carlo doveva ucciderli entrambi, così studiarono a tavolino l'omicidio dei due camorristi.

Don Finuzzo manda ad inseguire i due boss con Mario Quaglietta un'ora scagnozzo di fiducia, l'uomo inizia a seguire passo dopo passo a Napoli i movimenti dei boss camorristi.

Mario aveva saputo che i due boss dovevano partecipare ad una scommessa di auto da corsa illegali un'Alfa Romeo Montreal contro una Fiat Dino coupé, erano guidati da Massimiliano Vacca detto il Maresciallo, è di Giacomo Gammetta, detto lo storto.

I due uomini camorristi dovevano percorrere con una Fiat 500 per la strada via Francesco Petrarca per andare nel quartiere di Posillipo Fuorigrotta dovevano passare in quella via verso 11:45, dopo la gara sarebbero andati a festeggiare a Napoli in un ristorante chiamato Mare aperto.

Carlo prepara una bomba la mise sopra un tombino sulla strada di quella via dove i camorristi dovevano passare.

Mario e Carlo che i due boss stavano per passare con la macchina, all'improvviso la bomba scoppia, i due boss saltarono in aria.

Carlo il 4 marzo 1971 diventa un camorrista ora rispettato da tutti, Carlo Santella nominato anch'esso camorrista, lui così giovane aveva solo 20 anni sognava di diventare un grande boss mafioso e un giorno avrebbe ucciso anche Don Finuzzo, voleva uccidere proprio l'uomo che l'aveva aiutato a nascondersi e a farlo diventare camorrista perché nella mente del ragazzo c'era l'unico obiettivo quello di uccidere tutti i boss di Salerno, Napoli e Torino.

Carlo aveva un unico desiderio quello di vedere sua sorella Erminia, gli mancava tanto tua sorella.

Erminia aveva solo 18 anni e rimase incinta il suo fidanzato Antonio Russo era molto preoccupata per suo fratello e i suoi genitori erano addolorati per l'evasione del suo unico fratello.

Carlo voleva vedere sua sorella.

Nel frattempo gli scagnozzi dei due boss uccisi a Napoli: Pinuccio Mandolini detto il mattone e Cosimo Visciglia detto lo squalo, vennero a sapere che Don Nicola e Don Cataldo erano stati uccisi dal latitante Carlo, il braccio destro di Don Finuzzo, questa volta fu Sergio a tradire Carlo, era invidioso di lui perché suo amico era diventato un camorrista.

Sergio aveva alcuni contatti con Carlo ed era a conoscenza dell'uccisione dei due camorristi a Napoli ma Carlo non aveva mai pensato che il suo amico Sergio, che lo aveva aiutato ad evadere e protetto la poteva tradire.

I due scagnozzi per vendicarsi della morte di Don Nicola e Don Cataldo presero delle informazioni sulla famiglia di Carlo.

Il ragazzo aveva un'unica sorella si chiamava Erminia, la ragazza era incinta e stava per sposarsi, doveva sposarsi il 2 luglio 1971.

La notizia del matrimonio di Erminia giunse alle orecchie di Carlo, il ragazzo era sempre informato sulla sua famiglia.

Carlo non poteva partecipare alle nozze di sua sorella e aveva nostalgia di lei, voleva riabbracciarla.

Ma purtroppo due giorni dopo il matrimonio di Erminia il 4 luglio del 1971, la ragazza fu uccisa dai suoi scagnozzi Pinuccio e Cosimo, i due delinquenti riuscirono ad entrare in casa della donna e ucciderla, anche se lei era incinta di 5 mesi, gli tagliarono la mano sinistra, dopo misero la mano della donna in un sacco della spazzatura, dovevano consegnarla a Carlo per vendicarsi della morte dei due boss camorristi.

La mattina del 7 luglio 1971 Carlo trovò davanti al suo nascondiglio, un sacco di spazzatura nera e i due delinquenti conoscevano benissimo il suo nascondiglio, si era sparsa la voce a Napoli che Don Finuzzo teneva nascosto il latitante di Torino.

Carlo apre quel sacco di spazzatura nera e riconosce subito la mano di sua sorella, il ragazzo ha un colpo al cuore, sua sorella era stata uccisa per colpa sua.

Carlo fece un urlo di dolore che arrivò fino a casa di Don Finuzzo.

Don Finuzzo scese nel seminterrato ma non trovò Carlo, trovò solo la busta con la mano della ragazza.

Carlo aveva preso delle armi, un fucile kalashnikov e due coltelli affilati sembravano coltelli da guerra.

Carlo conosceva bene il nascondiglio di Pinuccio e di Cosimo loro si nascondevano nelle case popolari in un quartiere malfamato di Napoli e Carlo voleva uccidere i due uomini.

Carlo arrivò finalmente in via Scampia, in un appartamento vecchio e malridotto. Pinuccio apre la porta e Carlo gli spara alla testa. Dopo entrò in casa e sparò due colpi alla bocca a Cosimo, dopo avere ucciso i due uomini con i coltelli affilati gli taglia la testa e scappa via.

Battista Semmarro vide Carlo scappare via ed entrare in casa dei due delinquenti e vide gli uomini uccisi a terra, una scena terrificante, la loro testa era stata decapitata. Battista era uno di loro, si attendeva una guerra tra le due bande: Salerno contro Napoli, Don Finuzzo doveva essere uccisa insieme a Carlo.

Battista insieme ad altri scagnozzi andarono a casa di Don Finuzzo. uccisero sua moglie Carmelina Giacchetti e i tre figli Stefano di 28 anni, Salvatore di 24 e Gennarino di 19 anni.

Il nascondiglio di Carlo era vuoto, lui non era in casa, dovevano trovarlo e ucciderlo.

Carlo riesci ad evadere da Napoli e a far ritorno a Torino dove Luigi Servidio, un suo vecchio amico lo ospitò in casa sua.

Luigi spiega Carlo che a tradirlo fu Sergio, lui fece uccidere sua sorella dagli uomini dei due camorristi, i napoletani, fu proprio Sergio a dire che Carlo aveva ucciso i due boss, così per vendicarsi avevano ucciso la povera Erminia.

Luigi disse anche a Carlo che il suo amico pentito Sergio Cimino doveva uscire dalla galera a breve perché era stato arrestato per alcuni furti, poi disse anche a Carlo che in questo breve periodo poteva restare a casa sua e fino a quando Sergio non fosse uscito dalla galera e Carlo l'avrebbe ucciso.

Carlo attese con ansia il 21 ottobre 1971, finalmente Sergio Cimino esce dalla galera, Luigi si offre volentieri di andar a prendere Sergio davanti al carcere, lo conoscerò con un inganno, così Sergio viene consegnato nelle mani di Carlo e il ragazzo lo uccise senza pietà, il suo corpo fu gettato ai maiali che Luigi teneva nel recinto della sua casa in campagna.

Luigi non poteva credere al coraggio di Carlo aveva ucciso e fatto a pezzetti il suo amico, così lo chiamò lo Scannatore di soprannome.

Luigi aiuta a far evadere Carlo da Torino lo fa andare a Buenos Aires dove lo accoglie Massimo Mariuoli, un italiano emigrato in Argentina boss che aveva stima per Carlo lo Scannatore. Carlo da latitante non fu mai più ritrovato, lui morì all'età di 60 anni in Argentina il 3 dicembre 2011 per un malore e fu seppellito con un altro nome Antonio Maiaru. La famiglia di Carlo Santella non verrà mai e sapere della sua morte così neanche lo Stato Italiano seppe della morte del camorrista Carlo. E ancora spera di ritrovarlo.

Cioccino un cavallino impaurito.

Cioccino era un cavallino minuscolo, era nato in una piccola fattoria della Svizzera, era nato precisamente nel villaggio Bridges.

Cioccino era nato piccolo come un palmo di una mano, il veterinario Lucas Carleth non aveva mai fatto nascere un cavallino così perché era troppo piccolo per potersi vedere, aveva visto solo nascere Rolli il fratellino di Cioccino.

La mamma di cioccino aveva fatto due cavallini, non uno soltanto, Manu era talmente piccolo che neanche sua madre lo aveva notato nella stalla, si era accorto di Cioccino, Mollino suo padre, il cavallo aveva visto vicino a sua moglie un esserino piccolissimo, quasi invisibile, Margot fu avvisata da Mollino della nascita dell'altro puledrino, mamma cavalla decide di nascondere Cioccino, aveva paura che i cani Tom e Bobby che erano del signor Meyer Gabriel, il padrone di tutta la fattoria, potessero mangiare il piccolo cavallino.

Il signor Gabriel aveva un carattere molto scontroso non si era mai sposato e se trovava Cioccino molto probabilmente lo avrebbe mangiato. Il signor Gabriel alcune volte aveva mangiato polli e conigli, così la povera Margot pensava che per via delle sue piccole dimensioni il suo povero cavallino avrebbe fatto una brutta fine e lo nascose per bene nella stalla.

Cioccino veniva nascosto da sua madre nella stalla ma un giorno si allontanò: voleva andare via da quella fattoria si sentiva chiuso e triste e non poteva giocare mai con suo fratello, il cavallino.

Cioccino camminava da lunghi giorni, aveva perso la strada di casa, sentiva freddo e tanta fame quando all'improvviso davanti a lui apparve Gaglou un alieno venuto dallo spazio, vedendo cioccino piccolissimo lo invitò a salire sulla sua navicella spaziale, portando il cavallino fino al suo pianeta Gambà.

L'alieno si sentiva a suo agio con il piccolo cavallino perché anche lui aveva le sue identiche dimensioni, minuscolo quasi come un palmo di una mano, Cioccino su quel pianeta riusciva a volare grazie alla forza di gravità che lo faceva volare in alto.

Il piccolo cavallino su quel pianeta fece amicizia con altri due alieni che si chiamavano Sunbulah e Kambalu, il piccolo cavallino era davvero felice su quel pianeta, tutti gli abitanti avevano la sua dimensione ma gli mancava la sua mamma e suo fratello e il suo papà, il piccolo cavallino, mentre stava pensando ai suoi genitori e al suo fratellino versò una lacrima, ma ad un tratto il piccolo cavallo diventa un unicorno incredibile! Ora era grande Cioccino in un corpo diverso, oltre all'Unicorno aveva anche delle ali colorate era davvero una splendida creatura.

A trasformare Cioccino fu Homelook il re di quel pianeta, aveva visto piangere il cavallino, il suo mattone magico, il re con quel mattone riusciva a vedere tutto il pianeta e ad aggiustare ogni cosa che non andava bene.

Nel frattempo arrivò Gaglià il suo amico alieno, colui che lo aveva portato su quel pianeta, lo fece guardare allo specchio, Cioccino riflettè un'immagine meravigliosa, lui era diventato uno splendido Unicorno.

Il re di quel pianeta dopo aver trasformato Cioccino in uno splendido unicorno, lo fece ritornare nel suo pianeta proprio nella fattoria dove lui era nato.

Cioccino va da sua madre, la cavalla riconosce subito suo figlio dall'odore, anche se aveva un altro aspetto e si commosse moltissimo.

Cioccino insieme a suo fratello e ai suoi genitori cavalli andarono via da quella fattoria, lui non voleva restare rinchiuso, avrebbe anche rischiato di essere venduto a qualcuno perché era l'unico Unicorno nel mondo, ora Cioccino era davvero felice, libero di poter cavalcare insieme a tutta la sua famiglia, libero di vivere solo di avventure.

Un attimo di follia.

Scott Garcia era un uomo di 45 anni alto e robusto, abitava in Scozia ed era sposato con Emi Littering una donna piccola di statura e molto esile.

Emi e Scott dal loro matrimonio avevano avuto un bambino, Roby, erano spesso impegnati per il loro lavoro da infermieri specialisti nell' Opedale Aberdeen Royal Infimary, situato a Foresterhile Aberdeen. Per via del lavoro passavano poco tempo insieme, così decisero di prendersi una vacanza e passare un fine settimana insieme con il piccolo Roby.

Emi scelse Parigi per la loro vacanza, un fine settimana in una piccola cascina sarebbe stato fantastico per tutta la famiglia, così Scott prenota una cascina in Francia, a Parigi nel Docteur Alexandra Rubin Campagne, e il 23 dicembre 1991 partirono dalla Scozia per arrivare in Francia in quella cascina. Finalmente arrivati decisero di rilassarsi davanti al camino. Era da tempo che non passavano una serata insieme, Scott e sua moglie Emi sentivano di amarsi ancora, era stata una bella idea quella della vacanza insieme.

Per fortuna quell'anno entrambi ebbero le vacanze, per via del loro lavoro avevano spesso i turni diversi, sia notturni che diurni così succedeva anche per le vacanze. Molte volte la donna aveva passato da sola le feste natalizie, perché suo marito doveva lavorare o viceversa, lei lavorava e Scott restava da solo a casa con il piccolo Roby, ma quell'anno entrambi ebbero le vacanze coincidenti.

Arrivati a Parigi Emy e Scott dovevano solo rilassarsi e godersi la loro vacanza insieme al bambino di sei anni.

Il mattino seguente Scott inizia ad avere comportamenti strani, era molto irritabile con sua moglie, non lo era mai stato, anche con il piccolo Roby era decisamente annoiato, impaziente, non voleva sentire il rumore e la TV gli dava molto fastidio.

La donna non aveva mai visto suo marito comportarsi così, Emi giustificava i comportamenti di suo marito, pensava che fosse lo stress la causa di questo nervosismo e chiese a Scott se desiderasse fare una passeggiata con lei per godersi la loro vacanza.

Scott si rifiutò di uscire, voleva restare in quella cascina per riposarsi un po', così chiese a sua moglie di uscire con il piccolo

Roby, Emi accettò gli sbalzi d'umore di suo marito e decise di uscire con il bambino lasciando Scott da solo nella cascina.

Emy non aveva mai visto suo marito comportarsi così, Scott non era mai stato scortese con lei anzi negli anni del loro matrimonio era stato sempre gentile e premuroso, la donna si sentiva giù di morale, voleva solo godersi la vacanza con suo marito e il loro piccolo bambino, era da tempo che non stavano insieme per un fine settimana.

Emi aveva scelto Parigi perché era una delle città più romantiche del mondo, al ritorno della sua passeggiata con Roby, la donna chiese a suo marito un motivo del suo comportamento, perché si stava comportando male con lei e il loro bambino, in fondo erano partiti per godersi una vacanza insieme non per farla uscire da sola con Roby e lui restare in una cascina da solo.

Scott non diede alcuna risposta sua moglie del tuo comportamento scortese, l'uomo era come impazzito in quella cascina aveva persino delle allucinazioni, vedeva delle persone nella stanza, sangue per terra e bambini uccisi, la sua mente gli rifletteva immagini terrificanti.

Scott sentiva il bisogno ti fare del male a sua moglie, voleva ucciderla e voleva uccidere anche il loro unico bambino, quella vacanza stava per trasformarsi in un incubo e non in una vacanza romantica.

Ma cosa era successo nella mente dell'uomo? Scott afferra un coltello che stava nel cassetto della cucina, va verso suo figlio e lo uccide senza pietà davanti a sua moglie, Emy era scioccata non riusciva a capire cosa stesse succedendo rimase immobilizzata, il suo sangue si era congelato.

Emy vide suo marito, l'uomo che aveva sposato con amore, uccidere il loro unico bambino, dopo qualche istante la donna cercò di scappare ma l'uomo la colpì alle spalle con quel coltello che aveva in mano, Emy dopo essere stata colpita e ferita riuscì ad afferrare un posacenere e a colpire suo marito in testa, la donna voleva salvare il loro piccolo bambino, lo vedeva tutto pieno di sangue a terra, Emy non riusciva a capire cosa stesse succedendo. _In un attimo la sua vita si era distrutta.

Emy riesce ad uscire da quella , per fortuna passa il signor Steve Johnson un veterinario era stato in una piccola stalla da quelle parti a far partorire una cavalla.

Il veterinario vide quella povera donna impaurita per strada e si avvicinò a lei per aiutarla.

Emy raccontò tutto quello che gli era appena successo e l'uomo chiamò subito la polizia, Scott ebbe un attimo di lucidità, vide suo figlio a terra pieno di sangue. Si rese conto che era stato lui ad ucciderlo e si tolse la vita impiccandosi in quella cascina.

Nel frattempo arrivarono i soccorsi e la polizia francese entrò in quella maledetta stanza dove l'uomo aveva ucciso il piccolo Roby, entrati in stanza videro l'uomo impiccato. La vita di Emy era distrutta.

Per un attimo di follia Scott aveva distrutto il loro matrimonio, i loro progetti, i loro sogni ora la donna doveva ricominciare a vivere, ma gli era impossibile ritornare ad essere di nuovo felici perché quel maledetto giorno il 24 dicembre 1991 con lei insieme a suo figlio Roby e a suo marito Scott, morì anche la sua anima, la sua voglia di vivere.

Dopo aver fatto ritorno a casa la donna si tolse la vita, gettandosi dal balcone di casa sua con lei morì anche quel brutto ricordo di quel giorno maledetto.

Una donna sopravvissuta.

Elena Marchese una signora di 87 anni racconta la sua storia alle sue due nipoti Sofia ed Elena.

La donna era nata nel 1901 il 2 maggio, lei sulla sua pelle aveva passato e visto le due guerre mondiali, decide di raccontare la sua vita alle sue nipoti. Due giorni prima di morire voleva far capire alle ragazze quanto, lei avesse amato la vita, nonostante le mille difficoltà che aveva superato.

Elena fece prendere un quaderno a Sofia e gli disse chiaramente che doveva scrivere ogni sua parola che lei stessa avrebbe detto, Sofia accolse la richiesta di sua nonna prese un quaderno e una penna e iniziò a scrivere tutto quello che sua nonna le raccontava.

Elena era nata ad Asiago alcuni anni prima ella Prima Guerra Mondiale, quando la guerra ebbe inizio, il 24 maggio 1915 Elena era una ragazzina di 14 anni. Oggi durante il suo racconto aveva 87 anni, lei ricordava benissimo tutto quello che aveva passato durante la guerra, ricordava tutte le sue sofferenze ma soprattutto ricordava l'amore che provava per la sua vita.

Elena con il suo racconto di coraggio umano, la resilienza che si ottiene durante le difficoltà della vita.

Ora inizia il suo racconto.

Siamo ad Asiago 24 Maggio 1915 era scoppiata la Prima Guerra Mondiale a causa per dell'assassinio di Francesco Ferdinando che avvenne il 28 giugno, l'uomo era erede al trono l'Austria e di Ungheria venne assassinato a Sarajevo da un nazionalista slavo. L'Italia come le altre nazioni del mondo entra a far parte nella Prima Guerra Mondiale, il papà di Elena, Saverio Marchese fu catturato dai soldati è portato alle Celle di isolamento.

Il 3 giugno 1915 il signor Saverio fu assassinato davanti gli occhi di sua figlia Elena.

La ragazza era solo un adolescente e vide una scena terrificante: suo padre assassinato a colpi di fucile, il cadavere del signor Saverio era a terra in una pozza di sangue, i soldati lo avevano ucciso senza alcuna pietà perché l'uomo voleva riposarsi un po', era stanco di lavorare e aveva chiesto ai soldati mezz'oretta di riposo. Ma quella richiesta lo portò alla morte.

Elena rimase pietrificata, suo padre in una pozza di sangue davanti ai suoi occhi ma lei nonostante quella scena orribile era sempre fiduciosa, c'era tanta speranza, quella speranza che gli faceva amare profondamente la vita.

Elena non aveva visto solo uccidere suo padre, ma anche tanta gente innocente, vedeva bambini morire di fame e donne violentate dai soldati.

Elena sperava sempre in una vita migliore, anche sua madre Carmela Marino fu violentata in casa sua dai soldati, Elena aveva visto anche violentare sua madre e mentre i soldati abusavano di lei, la ragazza si nascondeva sotto il letto nella sua stanza.

Elena molte volte per strada si era fermata per accostarsi per vomitare, nelle strade di Asiago c'era un fetore enorme per la puzza dei cadaveri che stavano distesi per terra ma lei aveva sempre voglia di uscire, con la speranza in cuor suo che la guerra prima o poi sarebbe finita.

Elena non smetteva mai di sognare una vita migliore.

Tutta questa sofferenza per la ragazza durò 4 anni, la Prima Guerra Mondiale fini quando lei aveva 18 anni ma sua madre si ammalò di colera e morì dopo pochi mesi che la guerra era finita.

Elena rimase da sola ma con la voglia di ricominciare a vivere iniziò a lavorare duramente nei campi e a sperare di ritornare a sorridere perché lei aveva sempre la speranza, quella speranza che la teneva in vita (l'amore per la sua vita).

Alcuni anni dopo quando Elena ormai era una donna di 39 anni in Italia scoppiò la Seconda Guerra Mondiale, di nuovo per Elena iniziavano le sofferenze, i suoi vecchi traumi e ricordi ritornarono nella sua mente, i suoi sogni di notte iniziarono a diventare incubi.

Era il 2 settembre 1939 quando iniziò di nuovo la guerra, nella città di Asiago ci furono bombardamenti, uomini uccisi dai soldati, uomini sofferenti nelle prigioni, donne violentate e bambini ebrei uccisi dai soldati tedeschi.

Anche Elena questa volta fu violentata dai soldati il 2 gennaio 1940 dove rimase incinta e il 30 ottobre 1940 diede alla luce un bellissimo bambino, chiamò suo figlio Saverio come suo padre.

Elena nonostante avesse avuto quel bambino da una violenza decise di tenerlo con sé, di amarlo e proteggerlo.

Per fortuna dopo 5 anni la guerra finisce, il piccolo Saverio, figlio di Elena, era sopravvissuto con lei, aveva 5 anni ed ero un bambino meraviglioso anche se lei lo aveva avuto da una violenza di un soldato.

Elena per mantenere suo figlio inizia a lavorare duramente, desiderava di rifarsi una vita così la donna decise di crescersi da sola il figlio da lei tanto amato e non si sposò mai.

Gli anni passano, siamo nel 1965 il figlio di Elena ormai era un giovane bel ragazzo, conosce Maria Scura, una ragazza che lavorava in una piccola fattoria ad Asiago, lei faceva le ricotte e i formaggi mentre Sergio puliva le stalle degli animali.

Maria e Sergio si fidanzarono e alcuni anni dopo si sposarono, era il 9 aprile 1967.

Dalla loro unione nacquero due splendide bambine, il 3 febbraio 1968 nasce Elena e nel 1970 nasce Sofia.

Elena Marchese era davvero felice di essere diventata nonna dopo tutte le sofferenze che aveva passato, quel figlio tanto amato avuto da una violenza sessuale gli aveva regalato due splendide nipotine.

Elena nonostante non si era mai innamorata di nessun uomo, la donna aveva amato profondamente la sua vita e aveva rispettato soprattutto il suo passato e il suo dolore.

Sua nipote Sofia scrisse su un quaderno tutto il racconto di sua nonna, dopo due giorni che aveva raccontato alle sue nipote la sua triste storia, Elena Marchese morì all'età di 87 anni. Ma con lei non muore l'amore che Elena provava per la sua vita.

L'assassino del quartiere.

Siamo in Sicilia nel 1961 nel quartiere popolare di Trapani, abitava Salvatore Malfara con la sua famiglia.

La moglie di Salvatore si chiamava Concetta Lenomi, avevano due figli Rosario, di 8 anni e Linda, di 6 anni.

Salvatore era un uomo molto robusto e pelato, lavorava come calzolaio in piazza Vittorio Emanuele, aveva 33 anni ed era un uomo onesto e lavoratore.

Salvatore voleva andare via da quel quartiere perché le persone erano cattive e dispettose, i padri di famiglia che abitavano in quel quartiere di Trapani non erano lavoratori come lui, ma la maggior parte di loro spacciava droga e rubava.

Salvatore subiva in silenzio molte ingiustizie, gli facevano un sacco di dispetti, gli avevano incendiato l'auto, (una Fiat 500), l'uomo purtroppo doveva andare al lavoro in autobus, non voleva più comprare una macchina perché teneva il peggio.

Lui veniva preso in giro da tutti solo perché era un uomo bravo, onesto e lavoratore, gli avevano dato anche un nomignolo, lo chiamavano il pappamolla del quartiere.

Salvatore aveva una vita tranquilla, amava sua moglie e i suoi figli ed era soddisfatto della sua vita, detestava sono le persone che abitavano nel suo quartiere, l'uomo insieme a sua moglie era andato molte volte a vedere una casa, ma le difficoltà economiche gli impedivano di andare via da quel quartiere, purtroppo doveva attendere ancora alcuni anni prima di affrontare un altro debito, i suoi bambini erano ancora piccoli e doveva pensare alle loro esigenze.

Salvatore diventava sempre più arrabbiato per via dei suoi vicini di casa, di nascosto decise di comprare un'arma illegale (un coltello chiamato la Baionetta), lui voleva vendicarsi di nascosto, ma non disse nulla a sua moglie, non voleva dargli preoccupazioni inutili.

La notte del 4 giugno 1961 Salvatore esce di casa di nascosto, volevo uccidere Piero Ippolito, il figlio di Sebastiano Ippolito un suo vicino di casa.

Piero di notte spacciava marijuana e Salvatore questo lo sapeva.

La moglie di Salvatore non si accorge che suo marito era uscito di notte, perché lei dormiva.

Salvatore indossa una maschera di carnevale quella notte, era una maschera a forma di testa di demonio, la indossa per non farsi riconoscere.

Salvatore aveva comprato questa maschera qualche mese prima, lui era da tempo che pensava di uccidere qualcuno nel suo quartiere ma credeva che era solo una fantasia della sua mente, finché non si spinge a comprarsi quel coltello.

Salvatore riesce a vedere Piero, un ragazzo alto e robusto con i capelli rossi e ricci, aveva solo 19 anni ma questo non importava a Salvatore, l'uomo voleva ucciderlo e basta.

Salvatore lo prende dietro le spalle, mentre Piero era seduto sulla sua moto (una vespa), il ragazzo non si è accorse di nulla ma gli fu tagliata la gola, muore sul colpo e Salvatore riesce a scappare, a fare ritorno a casa sua senza farsi vedere di sua moglie, pulisce il coltello, si lava le mani indossa il pigiama e va a dormire come se non fosse successo nulla.

A trovare il cadavere di Piero fu il suo amico Totò Carbone, chiamato l'usignolo, Totò scappa velocemente e arriva a casa di

Sebastiano (il padre del ragazzo morto), racconta all'uomo di aver visto suo figlio morto, qualcuno lo aveva ucciso.

Sebastiano conosceva bene suo figlio Piero e sapeva che il ragazzo non aveva nessun amico, ma chi poteva averlo ucciso, si chiedeva? Doveva trovare l'assassino di suo figlio e vendicarsi.

Nel frattempo arriva la polizia, iniziano le indagini sulla morte di Piero.

Dopo due giorni ci fu il funerale di Piero, Salvatore andò al funerale del ragazzo che lui stesso aveva ucciso.

Damiano Cosentino un ragazzo di 21 anni aveva visto quella notte dell'omicidio di Piero girare nel quartiere un uomo mascherato, pensava che fosse qualcuno ubriaco, così lo racconta al padre di Piero, poteva essere l'assassino di suo figlio, quell'uomo si chiedeva Sebastiano.

Salvatore voleva uccidere tutti i figli degli uomini che lo avevano preso in giro, e dopo avergli ucciso i figli dovevano morire anche loro, la rabbia aveva fatto cambiare Salvatore, lo aveva fatto diventare un assassino.

Sebastiano chiama alcuni uomini per far sorvegliare il quartiere, doveva trovare l'assassino di suo figlio, e farsi giustizia da solo, gli uomini erano Giampiero Manna chiamato Cassaforte, Spinello Giorgio chiamato la Roccia.

Gli uomini iniziano a sorvegliare il quartiere di notte, dovevano trovare l'assassino di Piero.

Salvatore voleva vendicarsi di Don Carmelo Stromboli, quest'uomo gli aveva incendiato la macchina, senza alcun motivo.

Carmelo voleva rispetto da Salvatore, umiliando l'uomo.

Don Carmelo Stromboli la domenica del 24 agosto 1961 stava andando a trovare la sua povera mamma Giulia, la signora era caduta dalle scale e si era rotto il femore, l'uomo la domenica passava molto tempo con sua mamma anche se era un mafioso, si prendeva molto cura di lei, gli apparecchiava il tavolo e cucinava il pranzo per lui e sua madre, Don Carmelo lo faceva ogni domenica è questo Salvatore lo sapeva benissimo.

Don Carmelo era un piccolo Boss comandava solo nel suo quartiere, aveva uomini al suo servizio che spacciavano per lui.

A Trapani funzionava così ogni quartiere aveva il suo piccolo Boss.

Quella mattina Salvatore aspetta don Carmelo sotto casa dalla mamma del Boss, lo prende alla sprovvista lui, con la sua maschera, e il coltello in mano, riesce a tagliare la gola a Carmelo e a fuggire via.

Erano le 11:45 e Salvatore era stato visto da più persone uccidere Don Carmelo, non in faccia perché aveva la maschera.

L'uomo andò subito a casa a cambiarsi i vestiti, lo avevano visto con il pantalone grigio scuro e la maglia rossa che indossava quella mattina, dalle descrizioni del quartiere Sebastiano pensa subito a Salvatore, il suo vicino di casa buono e onesto, lui indossava pantaloni grigio e maglia rossa, quella domenica mattina, lo aveva visto mentre usciva di casa per comprarsi le sigarette.

Sebastiano si chiedeva, e se fosse anche l'assassino di mio figlio Piero? proprio lui! Salvatore?

Eppure Sebastiano molte volte aveva provocato Salvatore, offendendo il suo orgoglio, ma l'uomo non aveva dato mai risposte offensive, era stato sempre silenzioso.

Sebastiano va a casa di Salvatore e gli chiede se poteva scendere in cortile per parlare con lui.

L'uomo volevo guardarlo in faccia e vedere se mentiva sull'omicidio di suo figlio Piero.

Salvatore disse a sua moglie di non preoccuparsi, sicuramente Don Carmelo voleva qualche favore da lui, l'uomo prende il coltello, (l'arma che aveva ucciso Piero e Don Carmelo), lo infila nella sua tasca e scende nel cortile del suo quartiere.

Sebastiano voleva affrontare Salvatore da solo, petto a petto.

Sebastiano lo guarda in faccia e gli dice:

"Sei stato tu a uccidere mio figlio, bastardo? Dimmi la verità."

Salvatore toglie il coltello dalla sua tasca e gli risponde: "Sì sono stato io a uccidere tuo figlio, meritava di morir,e era una carogna come te."

I due uomini iniziano a picchiarsi, Salvatore riesce a colpire con il coltello Sebastiano e a ferirlo gravemente, le persone del quartiere chiamarono la polizia, arrivano i soccorsi, Salvatore fu arrestato è portato in carcere, Sebastiano muore alcuni giorni dopo, era stato ferito al cuore e una grave emorragia lo fece morire il 29 agosto.

L'assassino del quartiere era Salvatore Malfarà, un uomo onesto e lavoratore, sua moglie non poteva credere che suo marito era diventato un assassino e dopo alcuni anni dal suo arresto, la donna riesce ad andare via da quel quartiere, comprare e cambiare casa senza suo marito, ma Salvatore era felice di essersi vendicato, uccidendo due persone, lui era stanco di subire in silenzio le cattiverie di quel quartiere maledetto di Trapani.

Lo scimmione Catalan.

Nella foresta della savana, in Africa, viveva uno scimmione chiamato Catalan.

Lo scimmione era spesso annoiato e distratto, ogni tanto gli capitava di inciampare nei tronchi d'albero, di cadere e farsi tanto male, lo scimmione veniva spesso preso in giro dagli altri animali della foresta, per via dalla sua continua distrazione.

I suoi migliori amici erano l'elefante Mostacciolo è un'antilope che si chiamava Sartà, aveva anche un nemico, lo scimmione, era il leopardo TamTam, lui gli faceva un sacco di dispetti, Catalan non lo sopportava proprio.

Una volta Tam Tam mette delle bucce di Tamarindo davanti alla tana dello scimmione, Catalan mentre usciva dalla sua tana scivolò su quelle bucce e si fece tanto male, il leopardo era felice che Catalan si era fatto male, si mise subito a ridere prendendo in giro lo scimmione.

Catalan voleva andare via dalla foresta, era stanco di essere preso in giro da tutti, un giorno mentre lui piangeva, perché si sentiva triste e solo, si avvicina a lui la gazzella Momo, non erano amici ma la gazzella voleva aiutare lo scimmione, Momo disse a Catalan: "Posso fare qualcosa per te?", lo scimmione rispose: "Voglio andare via da questa foresta sono stanco di essere preso in giro da tutti."

La gazzella Momo si offre di aiutarlo, Catalan era davvero felice di aver trovato un amico sincero.

Così Momo si offre di accompagnarlo in una nuova avventura, di andare via da quella foresta e trovare un posto migliore per far contento Catalan.

I due amici mentre camminavano nella foresta incontrarono l'elefante Mostaccioli e Sartà (l'antilope), in due amici dello scimmione.

Catalan saluta i suoi amici e disse loro che con il suo nuovo amico Momo stava andando via dalla Savana, lui voleva vivere di nuove avventure.

Lo scimmione e Momo andarono via dalla foresta, di lontano videro il leopardo dispettoso, aveva la zampa incastrata dentro una trappola, doveva essere aiutato, Catalan prima di andare via dalla foresta, aiutò il leopardo, proprio TamTam che lo aveva sempre preso in giro facendogli anche tanti dispetti. (Di solito i cacciatori lasciavano queste trappole per catturare gli animali della foresta).

Catalan e Momo riuscirono a togliere la zampa del leopardo dalla trappola, poi con delle foglie di eucalipto gli fecero una medicazione. TamTam, il leopardo ringraziò lo scimmione chiedendogli scusa di tutti i dispetti che gli aveva sempre fatto, ora Catalan e TamTam diventarono amici.

Catalan non aveva più alcun motivo di lasciare la foresta, aveva tanti amici che gli volevano bene, persino TamTam.

Così decide di rimanere nella savana.

Lo scimmione Catalan era finalmente felice nessuno lo prendeva in giro anzi era diventato un eroe per gli animali della foresta.

Un sacerdote morto da eroe.

Siamo a Mosca nel , il 7 maggio nasce Anton Makcnm, figlio di Adam Makcnm e di Anastasia Agap.

Il signor Adam lavorava nei cantieri navali Jantar, mentre sua moglie Anastasia rimaneva a casa ad accudire la famiglia.

Adam e Anastasia dal loro matrimonio ebbero solo Anton come figlio, per il loro unico bambino desideravano il meglio, ma Anton durante la sua crescita sentiva l'amore verso Dio, verso la chiesa. Passarono gli anni e quel bambino diventò un bellissimo ragazzo, alto, biondo, con gli occhi azzurri, sembrava un principe.

Anton iniziò a lavorare già all'età di 16 anni con suo padre nei cantieri navali, ma non appena giunse alla maggiore età, fu chiamato ad arruolarsi nell'esercito militare.

Il ragazzo si arruola nell'esercito militare facendo questa nuova esperienza, ma l'amore verso la chiesa e verso Dio era sempre custodito nel suo cuore.

Trascorsi i 12 mesi Anton termina il militare e fa ritorno a casa, ma questa volta non voleva lavorare nei cantieri navali con suo padre, lui voleva diventare un sacerdote così andò a parlare con il parroco della sua parrocchia Don Victor, spiegò al sacerdote l'amore che provava verso la chiesa e verso Dio.

Don Victor si offre di aiutarlo, manda il ragazzo al seminario "Maria regina degli apostoli", dopo alcuni anni Anton riesce a prendere i voti di sacerdozio è diventa prete, il suo sogno si era realizzato.

I genitori di Anton erano orgogliosi del loro unico figlio, anche se per lui desideravano che si sposasse, che mettesse su famiglia, facendo diventare Adam e Anastacia nonni, ma rispettarono la sua scelta.

Dopo circa sei mesi di sacerdozio Don Anton fu chiamato per una missione in Africa, doveva aiutare i cittadini del Villaggio della Ruanda, perché molti di loro si erano ammalati di malaria, un villaggio invaso da questa brutta epidemia.

Don Anton in quel villaggio vide una pessima realtà, (bambini denutriti, la povertà era tanta, c'era pochissima tanta sporcizia e le persone si accampavano per strada o dormivano dentro capanne mal ridotte).

Don Anton in quel villaggio conosce un bambino di nove anni, si chiamava Romandi, il bambino era orfano e i suoi genitori erano morti di malaria.

Il sacerdote porta con sé il bambino nella sua capanna dove lui alloggiava, voleva prendersi cura di Romandi, gli diede da mangiare e dei vestiti puliti, Don Anton iniziò a prendersi cura di lui come se fosse suo figlio.

Ma purtroppo dopo due settimane che Don Anton si prendeva cura di Romandi, il bambino muore di malaria, ma morì anche suo padre Adam in Russia proprio quel giorno.

Don Anton fu avvisato con una lettera della morte del padre, la lettera però giunse all'uomo, 10 giorni dopo la morte del padre Adam, ormai l'uomo era stato già seppellito, ma nella lettera Anton legge la data della morte di suo padre, il signor Adam era morto il 10 novembre proprio il giorno della morte di Romandi.

Don Anton voleva aiutare tutti gli abitanti del Villaggio della Ruanda, non gli importava di ammalarsi di malaria lui era lì per un'unica missione, prendersi cura di tutti gli ammalati, ma purtroppo la malaria colpisce anche il sacerdote, dopo alcuni anni in Africa, Don Anton si ammala di malaria.

Il sacerdote nel villaggio aveva fatto tutto il suo possibile per aiutare gli abitanti del Ruanda, Anto muore 19 luglio 1961.

Don Anton muore di malaria e di colera, quel sacerdote buono fu ricordato per sempre in Africa nel villaggio del Ruanda, fecero una statua in onore di Don Anton.

Gli venne fatta una statua di riconoscimento perché Don Anton aveva dedicato tutta la sua vita a fare del bene agli abitanti del villaggio.

Ancora oggi rimane vivo il ricordo di Don Anton, nonostante passarono molti anni dalla sua morte, quel sacerdote era morto da eroe.

Un rito malefico.

Siamo in Africa (Bamoko Mali), una donna di 38 anni Adah Esau, fa una magia nera (un rito vudù) su una bambola.

Questa bambola era nera con un cappello in testa, ricamato di colore rosso, la donna la voleva regalare ad un uomo di 36 anni Kukin Papalian, questo signore si era rifiutato di sposarla, sposando un'altra donna (Aisha Dosum), una giovane e bella donna africana di 28 anni, Adah con la magia nera voleva maledire l'amore tra Aisha e Kukum.

Il piano malefico di Adah riesce alla perfezione, Kukum trova la bambola vicino casa sua, la prende con sé, portandola in casa sua dopo alcuni giorni, trovarono l'uomo e sua moglie morti ammazzati in casa loro, Adah finalmente aveva ottenuto quello che desiderava.

Dopo circa 30 anni dalla morte di Aisha e Kukum, la bambola con il rito vudù arriva in Austria a Salisburgo, come fosse arrivata in quella nazione era un mistero.

Adah, la donna che aveva preparato la magia nera alla bambola, era morta da circa 10 anni, era scivolata in casa sua, morta, sbattendo la testa su un grosso mattone.

Siamo nel 1971, il giorno 8 settembre, Caroline una bambina di 11 anni mentre stava ritornando da scuola, trova la bambola con il rito vudù in mezzo alla strada che percorreva, se la prende e la porta in casa sua, era una bambola molto particolare, nessuna delle sue amiche aveva una bambola nera con un cappello ricamato rosso sulla testa.

Carolina Spencer era la figlia di John Spencer e di Tiffany House.

Suo padre era un elettricista e sua madre lavorava in un supermercato come cassiera, la bambina era molto autonoma nel sapersi gestire, riusciva ad andare a scuola prendendo l'autobus da sola, al ritorno a casa lei aspettava sua madre che tornasse dal lavoro.

Sua madre Tiffany al suo ritorno del lavoro, trova in casa questa bambola strana, chiede a sua figlia dove l'avesse trovata, la bambina rispose, che era stata Melania, la sua amica di classe a regalargli la bambola, come segno di affetto.

Caroline disse una bugia a sua mamma sulla bambola, non era vero che Melania la sua amica di classe gli aveva regalato la bambola, ma l'aveva trovata per strada, sua mamma non gli avrebbe fatto mai tenere una bambola trovata per strada, l'avrebbe sicuramente gettata nella spazzatura.

Ma la notte del 8 settembre 1971, mentre la famiglia Spencer dormiva serenamente, la bambola con la magia nera si illuminò di una luce verde, i suoi occhi si muovevano in modo strano e si mise a camminare.

La signora Tiffany era molto sensibile nel sentire i rumori, aveva sentito uno scricchiolio arrivare dalla cucina, si chiedeva se potesse essere un topolino che era entrato in casa, già una volta era successo.

La donna tutta assonnata, si alza dal suo letto senza svegliare il marito, arriva in cucina e vide davanti a lei una scena terrificante, la bambola nera che sua figlia aveva portato in casa, si era illuminata di una luce verde, girava la testa e parlava in modo strano.

Tiffany si mise ad urlare, le sue urla svegliarono suo marito John e il suo vicino di casa Mark Oliver, (classico bullo del quartiere),

Mark incuriosito da quelle urla, va a spiare dalla finestra del bagno, la casa del signor Spencer.

Il signor John si sveglia per vedere cosa stesse succedendo in casa sua, arriva in cucina e vide una scena terribile, sua moglie distesa sul pavimento, morta, doveva esserci un ladro o un assassino in casa.

John voleva avvisare la polizia, sua figlia Caroline era in pericolo, un assassino poteva uccidere anche lei, ma l'uomo fu fermato dalla bambola, una bambola nera con una strana luce verde e gli occhi che si muovevano, parlava in modo strano, "Che maledizione era questa!" si chiedeva John, ma la bambola si lanciò addosso all'uomo e lo uccise, strangolando.

Il signor MarK chiama la polizia, troppe urla arrivavano dalla casa della famiglia Spencer, i soccorsi arrivarono, la polizia entra in casa della famiglia Spencer perché la porta di casa era socchiusa, trovarono morti uccisi, il povero John e la signora Tiffany.

Per fortuna la bambina ancora stava dormendo non si era accorta di nulla, al suo risveglio venne a sapere la brutta notizia (i suoi genitori erano stati uccisi da un ladro), la sua bambola era anche sparita, la polizia non venne mai a sapere come fossero stati uccisi John e Tiffany, Caroline fu affidata a Tricia Spencer, la sorella di suo padre.

La bambina non saprà mai che ad uccidere i suoi poveri genitori era stata la bambola con il rito malefico, quella bambola ancora gira per il mondo in cerca della sua prossima vittima.

La lumaca Scozzafava.

La piccola lumaca Scozzafava, abitava nello stagno argentato, lì tutti gli abitanti erano di piccole dimensioni.

Un giorno la lumaca cade mentre stava giocando nello stagno, si fece tanto male, aveva rotto anche una parte del suo guscio.

Scozzafava mentre piangeva per via del suo guscio rotto, incontra Gamu, una formica.

La formica si offre di aiutare Scozzafava, così gli disse che lei conosceva calabrone Tanè, lui era capace di riparare il suo guscio, ma il calabrone abitava in cima alla collina misteriosa, il calabrone aveva un amuleto magico, ma dovevano stare attenti ad arrivare su in cima della collina misteriosa, perché potevano incontrare qualche pericolo.

Camminarono per alcune settimane, per raggiungere la cima nella collina entrambi sia Gamu' che Scozzafava erano lenti nel camminare, la lumaca non si accorgeva che stava per precipitare in burrone, per lei era la fine, ora Gamu' come poteva aiutare Scozzafava? si chiedeva la formica.

Scozzafava atterra in un posto molto strano, un posto misterioso dove gli apparve una strana creatura, non era né una lumaca né una formica e neanche un calabrone; ma cosa poteva essere? Così la lumaca chiese: "Chi era?, Dove si trovava?"

Lei voleva solo raggiungere la cima della collina misteriosa per trovare il calabrone Tanè, lui doveva riparargli il suo guscio, ma era precipitata in un burrone e non sapeva nemmeno dove fosse finita.

Quella creatura strana gli rispose che era arrivata nel mondo degli omini (quel mondo si chiamava Ommibab), lui era una creatura di quel mondo e si chiamava Olabu.

La lumaca Scozzafava supplicò l'omino di rimandarla dalla sua amica formica, insieme dovevano trovare calabrone Tanè, lui doveva aggiustare il suo guscio rotto.

L'omino aggiusta il guscio della lumaca con un liquido blu, era un liquido magico incantato, il liquido blu lo usavano per curarsi da ogni ferita.

Olabu invita Scozzafava a visitare il suo mondo, era davvero fantastico, la lumaca Scozzafava vedeva con i suoi occhi le loro case a forma di fiori, il cielo era tutto colorato come l’arcobaleno, gli abitanti di quel posto erano tutti sorridenti.

L'omino gli fece conoscere Pomillo, un pappagallino molto strano, lui doveva accompagnare la lumaca dalla sua amica formica. Gamu era molto preoccupata per Scozzafava, aveva appena perso la sua amica lumaca, era davvero triste stava per piangere, quando all'improvviso gli apparve Scozzafava insieme al pappagallo Pomillo, racconta alla formica che aveva visto un mondo fantastico, abitato da omini, ora il suo guscio era riparato, non dovevano più andare sulla cima della collina per trovare calabrone, ma potevano proseguire in un nuovo viaggio, in una nuova avventura alla ricerca di qualche altro posto misterioso e insieme a loro sarebbe andato anche il pappagallo Pomillo.

Ippopil un elefante rosso.

Ippopil era l'unico elefante rosso della Savana, i suoi amici elefanti lo prendevano spesso in giro per via del suo colore, Ippopil non si sentiva accettato, voleva andarsene via da quella foresta, voleva trovare un posto migliore, anche amici migliori dei suoi.

Un giorno senza salutare neanche i suoi genitori Ippopil andò via dalla foresta, camminò per cinque lunghi giorni, era stanco e affamato, per sua fortuna incontra un topolino.

Ippopil non era diverso solo nel colore dagli altri elefanti, lui non aveva paura dei topolini mentre i suoi amici si spaventavano per un animaletto così piccolo, i topi mettevano paura agli elefanti.

Il topolino si chiamava Giannetta, aveva un pezzo di formaggio tra i denti, guardò l'elefante e gli disse: "Ehi tu che fai da queste parti? Chi sei?, Da dove vieni?, e perché sei di un altro colore? Di solito gli elefanti non sono rossi!"

Ippopil rispose: "Mi chiamo Ippopil, vengo dalla foresta della Savana, sono scappato via dalla foresta, perché tutti gli animali mi prendevano in giro per via del mio colore rosso."

Giannetta risponde: “Sei l'unico elefante che non ha paura di un topolino, vuoi essere mio amico?”

I due animali diventano amici e Giannetta gli offre il suo pezzo di formaggio.

I due piccoli amici camminarono per alcuni giorni, per strada incontrarono Tarty, era una tartaruga molto simpatica, anche lei era da sola e cercava un posto migliore.

Tarty appena vide Ippopil e Giannetta disse loro: “Ciao mi chiamo Tarty sono una piccola tartaruga sola al mondo, mi sono persa per strada, arrivo dal monte Sasso, questo monte è molto molto lontano. Per ritrovare la strada di casa, il monte Sasso devo andare sulla cima della montagna che sta di fronte a noi dal mago Muzu, solo lui è capace di trovare la strada di casa mia (del mio Monte), voi due volete accompagnarmi e restare con me per sempre sul Monte Sasso?”

Ippopil e Giannetta rispondono insieme, quasi sembrava un coro: “Certo che ti aiutiamo anche noi cerchiamo un posto dove restare per sempre.” poi l'ippopotamo afferma: “Sono scappato via dalla foresta della Savana perché i miei amici mi prendevano in giro per via del mio colore rosso.”

Il topolino si offre di salire sulla cima della montagna per trovare il mago Muzu, il topolino per natura era molto veloce mentre la tartaruga era lenta e Ippopil troppo grasso per camminare veloce.

Ippopil e Tarty decidono insieme di aspettare il loro amico Giannetta, erano entrambi fiduciosi.

Il topolino mentre stava arrivando sulla cima della montagna incontra un grosso orco, Giannetta tremava per la paura.

Ma l'orco per fortuna era buono, guardò il topolino in faccia e gli disse: "Cosa fa un topolino da queste parti hahaha ora ti mangio!"

Ma l'orco stava scherzando, Melone dopo un po' si mise a sorridere.

Giannetta spiegò a Melone che cercava il mago Muzu, lui era l'unico a guidare lei e i suoi piccoli amici di avventure sul monte Sasso, l'orco volevo unirsi nel viaggio con Giannetta Tarty e Ippopil, anche lui voleva andare su questo mondo, era sempre triste solo e ora poteva avere nuovi amici.

L'orco accompagna Giannetta dal mago Muzu in cima sulla montagna, dove il mago li stava già aspettando e sapeva tutto, lui aveva un amuleto magico con cui riusciva a sapere tutto quello che succedeva nel mondo.

Il mago guardò l'orco Melone e il topolino Giannetta dicendogli: “Ora farò una magia, con un tocco della mia bacchetta magica, dicendo la formula magica vi farò ritrovare tutti insieme sul monte Sasso.”

Il mago prese la sua bacchetta magica e disse: “Bataman-bataman!” e come per magia: Ippopil, Tarty, Melone e Giannetta, si ritrovarono sul monte Sasso, il mago da lontano li salutò felice.

Ora i Piccoli amici potevano vivere insieme felici sul monte Sasso, l'ippopotamo rosso era tornato ad essere di nuovo felice.

Un tranello malefico.

Alfonso Romanelli Michele Sapia abita a Caserta in Campania e siamo nel 1979.

Alfonso è un ragazzo alto, robusto con i capelli rossicci e gli occhi verdi, Michele è un ragazzo di media statura dalla corporatura esile ha i capelli castano scuro e gli occhi azzurri, sono amici dalle scuole elementari, i ragazzi non hanno potuto frequentare la scuola media statale perché le loro famiglie non avevano molta possibilità economica per farli studiare, Alfonso nonostante abbia 16 anni preferisce andare a lavorare come aiutante barista in un bar chiamato Bar Olimpia, Michele preferiva andarsene in giro a rubare , non amava lavorare perché guadagnava poco ed era sempre senza soldi nonostante lavorasse, mentre quando rubava faceva meno fatica e guadagnava tanti soldi.

Alfonso disse a suo amico Michele che se lui continuava a rubare, la loro amicizia sarebbe terminata, disse queste determinate parole a Michele: "Michele se tu continui a rubare la mia amicizia, il mio rispetto non l'avrai più, io voglio essere un ragazzo serio, onesto e non ho intenzione di disonorare la mia famiglia perché mia mamma Carmelina morirebbe di crepacuore se avesse un figlio delinquente e mio padre Totò avrebbe tanta delusione nei miei confronti perché lui è un uomo onesto è un ottimo padre di famiglia e mi hai insegnato i valori e il rispetto."

Alfonso guarda in faccia Michele e gli disse: "Io non perdo tempo come te! Fai il facchino in un bar, lavorando per quattro soldi, non mi importa nulla dei miei genitori, la vita è mia e faccio quello che voglio, se tu non vuoi la mia amicizia fai pure; il mio destino è questo! Io continuo a rubare!"

Alfonso risponde: "Da oggi io e te non siamo più amici! Io un amico delinquente non lo voglio nella mia vita."

Dopo essersi chiariti i due ragazzi andarono ognuno per la propria strada.

Michele avevo una grande rabbia dentro di sé voleva vendicarsi di Alfonso, non doveva permettersi di giudicarlo! Lui non sapeva niente della sua vita, del suo dolore e giurò sul suo onore che un giorno gliela avrebbe fatta pagare molto cara.

Passano tre mesi dallo scontro dei due ragazzi, dal loro chiarimento e da allora non si erano più salutati né parlati, Michele venne arrestato per furto (aveva rubato una Fiat Uno

Rossa), il ragazzo fu arrestato è portato al carcere minorile Casa Circondariale di Santa Maria a Capua Venere.

Michele giunse alla maggiore età ed esce dal carcere minorile (dopo aver scontato la pena di due anni), ancora il ragazzo era arrabbiato con Alfonso, lui doveva pagarla amaramente per come l'aveva trattato.

Michele andrò a parlare con Vincenzo Bifero e Catalano Giorgio, due amici suoi fedeli, amavano rubare e spacciare droga.

Chiede a Vincenzo un favore, Alfonso era amico di Vincenzo anche se lui rubava non aveva trattato Vincenzo allo stesso modo, eppure era un delinquente! non capiva perché con lui si fosse comportato in quel modo, la rabbia di Michele diventava sempre più grande, il ragazzo disse queste determinate parole a Vincenzo: “Quel figlio di cane me la deve pagare amaramente! Non doveva permettersi di umiliarmi, di giudicare la mia vita! portami qui quel figlio di cane a qualsiasi costo!”

Vincenzo e Giorgio decidono di aiutare Michele, anche se Giorgio era stato in silenzio nella loro discussione, ma era felice che Michele desiderasse questa vendetta.

Vincenzo e Giorgio andarono a cercare Alfonso, oggi il ragazzo non era più l'aiutante del bar Olimpia, ma faceva il meccanico.

Vincenzo guardò negli occhi Alfonso e gli disse: "Mi dovresti fare un favore, il mio scooter si è rotto, dovresti aiutarmi ad aggiustarlo, poi ti pago il favore!

Alfonso risponde: "Soldi non ne voglio, vengo ad aiutarti volentieri!" Giorgio arrivò con la sua macchina, una Fiat 500 bianca e fece entrare Alfonso e Vincenzo in auto.

Era la sera del 9 giugno 1984 ore 23 :00, Vincenzo e Giorgio portarono Alfonso in via Casal di Principe dove lo stava aspettando Michele.

Alfonso guarda negli occhi Vincenzo e Giorgio e disse loro: "Mi avete ingannato come Giuda aveva ingannato Cristo, cosa ci fa Michele qui?"

Vincenzo e Giorgio restarono in silenzio ma Michele risponde: "Figlio di cane! me la devi pagare! Hai detto qualche anno fa che io ero un delinquente, che non meritavo il tuo rispetto, ora te lo faccio vedere io il rispetto."

Michele prende una pistola e gli spara alle gambe poi i ragazzi andarono via lasciando il povero Alfonso ferito in mezzo a una strada.

A trovare Alfonso fu Massimo Gargiullo, un netturbino, stava lavorando, erano le 4:00 del mattino quando vide un ragazzo ferito in mezzo alla strada, chiama i soccorsi e arriva la polizia, i soccorsi portarono Alfonso in ospedale, il ragazzo venne operato di urgenza, ma perse l'uso delle gambe.

Il mattino seguente, dopo la confessione di Michele: Alfonso Vincenzo e Giorgio, furono arrestati per tentato omicidio e mancanza di soccorso, Alfonso era rimasto su una sedia a rotelle ma Michele non si era mai pentito di aver ridotto il suo vecchio amico in quello stato anzi era felice di avergli fatto un tranello malefico.

Il coccodrillo Cololito.

Nell'isola magica abitava Cololito, un coccodrillo con i denti d'oro, era l'unico coccodrillo nell'isola che nuotava con un canotto di colore azzurro.

Incredibile un coccodrillo che non sapeva nuotare! Lo prendevano in giro tutti; ma lui amava stare in acqua e preferiva essere deriso dai suoi amici piuttosto che rinunciare a nuotare con il suo canotto azzurro.

Un giorno, per caso incontra un pappagallino di colore giallo e rosa si chiamava Pomillo, il pappagallino si avvicinò al coccodrillo e gli disse: “Un coccodrillo con un canotto azzurro! hahaha hahaha…”

Cololito risponde: ”Non c'è nulla da ridere, piuttosto guarda il tuo colore, un pappagallo giallo e rosa.”

Dopo alcuni istanti Pomillo chiede scusa a Cololito dicendogli: “Ok ok! ti chiedo scusa, ma per favore, mi potresti far salire sul tuo canotto azzurro?”

Il coccodrillo lo fece salire sul suo canotto è insieme nuotarono nel mare, diventando amici

Cololito e Pomillo si allontanarono troppo arrivarono in un'altra isola. “Che strano!” Esclamò Cololito, “Chissà dove siamo andati a finire?” Disse a Pomillo.

Mentre i due amici si stavano chiedendo dove fossero arrivati sentirono una voce (era la voce di uno scorpione si chiamava Lamo).

Lo scorpione si avvicina ai due amici e gli dice:

“Mi chiamo Lamo, voi chi siete? non vi ho mai visto da queste parti su quest'isola.”

Il coccodrillo risponde: “Ci siamo persi! Stavamo nuotando con il mio canotto azzurro e ci siamo ritrovati su quest'isola, noi veniamo dall'isola magica ora per favore dimmi dove ci troviamo?”

“Siete nell'isola di lassù.” esclamò lo scorpione.

Lo scorpione disse anche: “Cosa ci fa un coccodrillo su un canotto azzurro, mi sembra strano! È un pappagallo rosa e giallo… siete due creature buffe.”

Cololito risponde: “Non iniziamo ad offendere, neanche tu sei così carino!”

Lamo disse a Cololito: “Se vuoi posso insegnarti a nuotare, cosa ne pensi?”

Cololito risponde: “Davvero?”

Lamo disse: “Certo perché no! Dopo averci insegnato a nuotare chiederò a nuvola Rosa la mia amica che sta su nel cielo a guidarvi di nuovo nella vostra isola.”

Dopo vari tentativi lo Scorpione insegna al coccodrillo a nuotare dicendogli tutte le cose che doveva fare, dopo tanti tentativi finalmente il coccodrillo sapeva nuotare.

Il pappagallino disse allo scorpione: “Bravo, bravo ora il mio amico sa nuotare hip hip.”

Cololito ringrazia lo scorpione, Lamo come gli aveva promesso fece un fischio e arrivò nuvola rosa.

Lo scorpione chiede alla nuova rosa di guidare i suoi nuovi amici della loro isola.

Dopo circa due giorni che nuotavano sul canotto azzurro, Cololito e Pomillo riuscirono a ritrovare l'isola magica, grazie all'aiuto di nuvola rosa.

I due piccoli amici salutarono nuvola rosa e andarono di nuovo sull'isola magica, questa volta con una novità: il coccodrillo sapeva nuotare!

Ora poteva vivere felice, Cololito nessuno lo poteva più prendere in giro e con il suo amico pappagallino, rosa e giallo, proseguirono per nuove meravigliose avventure.

Semella un bruco insoddisfatto.

Semella era un bruco sempre insoddisfatto, abitava nell'isola Cumina, su quest'isola abitavano molti animali: fenicotteri Rossi, granchi Rossi koala, tartaruga gigante e tanti altri animali.

Semella si trovava sull'isola Cumina per caso, non era nato in quest'isola ma era sbarcato da una nave, lui era nato in Australia, si era messo su una foglia di lattuga per mangiarne un po', le lattughe dovevano essere portate sull'isola Cumina, le lattughe furono sbarcate nell'isola, ecco perché Semella si ritrova ad essere un bruco insoddisfatto.

Semella sull'isola incontra un fenicottero rosso si chiamava Sellone era davvero molto simpatico, con lui si trovava molto bene e amava passare del tempo insieme al suo amico uccello. Un giorno però Sellone gli chiede se voleva salire sopra di lui, voleva farlo volare su nel cielo per fargli vedere le meraviglie dell'isola Cumina.

I due piccoli amici mentre volavano sereni nel cielo, videro una strana creatura, Sellone vuole avvicinarsi a terra, per vedere che cos'era quella specie di esserino piccolo che si muoveva.

Sellone disse al suo amico bruco: “Lo vedi anche tu quella specie di esserino che sta camminando sull’isola?”

Semella risponde: “Sì lo vedo! mi sembra uno gnomo! andiamo a vedere che cos'è quella specie di esserino che cammina.”

I due amici si avvicinarono alla Terra e andarono da quel piccolo esserino che camminava, era davvero uno gnomo.

Lo gnomo non appena vide Semella e Sellone un po' si spaventa! Ma poi si fece coraggio e andò davanti a loro dicendo: “Non volete farmi del male vero? Io sono un piccolo gnomo, abito su quest'isola da molti secoli, ho un solo un amico un granchio. Io mi chiamo Cucù il mio amico si chiama Fatun.”

Che strano! Sellone non aveva mai saputo della presenza di uno gnomo sull'isola, eppure lui era nato proprio lì! Nell'sola Cumina.

Dopo alcuni istanti arriva anche il suo amico granchio Fatun, il granchio vedendo Sellone e Semella disse: “due nuovi amici! Che bello, volete unirvi a noi per fare una passeggiata, per trovare qualcosa da mangiare?

Sellone e Semella insieme a Fatun andarono in giro sull'isola per trovare qualcosa da mangiare, trovarono delle foglioline strane ma i piccoli amici mangiando le fogliolìne si misero a parlare, Semella racconta la sua storia disse che arrivava da un'altra Isola che si trovava sull'isola per caso, lui era finito su una foglia di lattuga dopo su una nave e infine sull'isola Cumina, disse anche ai suoi piccoli amici che lui era sempre insoddisfatto perché era molto lento! Faceva tanta fatica a muoversi e per percorrere un palmo di strada, impiegava dalle ore.

Ma quelle foglioline strane che stavano mangiando erano magiche perché ad un tratto Semella inizio a correre molto veloce non gli era mai successo prima d'ora, ora era veloce come il vento e i suoi amici erano felici per lui, quelle foglie l'avevano fatto diventare un bruco davvero veloce, ora Semella non era più insoddisfatto ma era un bruco felice, lui ora poteva correre veloce e stare con i suoi nuovi piccoli amici sull'isola Cumina è vivere di sole avventure.

Un viaggio incredibile nella Savana.

Un bambino di nome Samuele D'Amore viveva in Lombardia con i suoi nonni, i suoi genitori erano morti quando lui aveva cinque anni per un brutto incidente stradale.

Samuele amava spesso fantasticare restando da solo nella sua cameretta, immaginava sempre di essere grande e di vivere nella Savana.

Samuele giocava spesso con animali di gomma l'elefante, la zebra, la tigre era affascinato da questi animali il bambino, anche se aveva solo 9 anni sapeva cosa voleva diventare da grande: un veterinario della savana.

Passarono gli anni Samuele diventa davvero un veterinario, aveva studiato tanto per diventare un veterinario e alla fine si era laureato con ottimi voti.

Samuele inizia il suo tirocinio dal Dottore Massimo Mondello, il dottore veterinario si era accorto che il ragazzo era davvero in gamba e gli disse: “Sei davvero in gamba, sai! Cercano un veterinario nella foresta della Savana alcuni cacciatore illegalmente hanno ferito leopardi, leoni e tante altri animali, molti animali sono stati catturati, è portati chissà dove! Serve un veterinario che si prenda cura degli animali feriti, ma soprattutto che non abbia paura di loro.

Samuele risponde al dottor Massimo: "Da bambino sognavo sempre di andare nella savana e fare il veterinario, non mi sembra vero. Mi sembra di vivere un sogno."

Il ragazzo si offre volentieri di fare il veterinario nella foresta della Savana anche se era molto pericoloso, ma era il sogno di quando lui era bambino e non voleva rinunciare a questa opportunità, Samuele saluta i nonni e parte per un lungo e meraviglioso viaggio avventuroso nella foresta della Savana.

Arrivato nella foresta della Savana, Samuele fu ospitato da una famiglia di colore, la famiglia Zumpi.

Il signor Zumpi Sasà, Soles Santé e i loro due figli Jacob di 18 anni e Marian di 23 anni prepararono una festa di accoglienza in onore di Samuele.

Samuele era felice di essere stato ospitato da questa famiglia e di lavorare come veterinario nella Savana, si era appena realizzato il suo sogno di bambino.

Il giorno seguente Samuele inizia a lavorare in uno studio privato nella foresta, con lui lavorava anche Gioacchino Esther un veterinario venezuelano, stava visitando un piccolo leoncino che era stato ferito da un cacciatore con un fucile.

Per fortuna Gioacchino riesce a togliere il proiettile dalla zampetta del leoncino, Samuele lo aveva aiutato a medicargli la zampa.

Ora il leoncino poteva ritornare dai suoi genitori nella foresta.

Samuele e Gioacchino dovevano fermare questi cacciatori, ferivano gli animali della foresta erano stati anche uccisi, catturati e portati anche nei circhi in altre nazioni.

Gioacchino disse a Samuele: "Samuele tu sei un ragazzo alto forte, robusto, mentre io sono piccolo di statura è magro come uno stecchino, un ragazzo forte come te può aiutarmi a trovare i cacciatori per farli arrestare, dobbiamo andare di nascosto nella foresta, di notte, dobbiamo riuscire a capire dove si trova il nascondiglio di questi cacciatori, ormai è da mesi che sparano a questi poveri animali e la polizia del posto ancora non è riuscita a catturarli, tu sei il ragazzo adatto che può farlo insieme a me, io da solo per via della mia statura e del mio corpo esile non ho il coraggio per poterlo fare: mi servi tu!"

Samuele risponde: “Certo! Andiamo stasera stessa, anzi stanotte nella foresta, dobbiamo trovare i colpevoli, i cacciatori che si divertano a sparare questi poveri animali.”

Samuele Gioacchino andò di nascosto nella foresta, la famiglia che ospitava Gioacchino, si era insospettita, il signor Sasà Zumpi voleva inseguire di nascosto i due veterinari per vedere dove andavano, si era accorto che c'era qualcosa che non andava.

Sasà gli stava dietro, mentre i due veterinari camminavano di nascosto di notte nella foresta.

Ad un tratto arrivarono degli uomini incappucciati, puntarono dei fucili addosso ai poveri veterinari.

Quegli uomini erano: Gilberto Saran, e Sebastian Guaglione.

I cacciatori arrivavano dalla lontana Russia, catturavano i poveri animali per venderli ai Circhi, la pelle di molti animali veniva venduta legalmente per farla lavorare nelle fabbriche, così ottenevano scarpe e borse anche cinture, dovevano catturare i veterinari non potevano rischiare, così portarono Gioacchino e Samuele nel loro nascondiglio segreto nella foresta.

Per fortuna Sasà li aveva inseguiti aveva visto il nascondiglio dei cacciatori, dove avevano portato Samuele e Gioacchino,

Sasà avvisò la polizia che stava nella Savana, spiegando nei minimi dettagli dove si trovava il nascondiglio dei cacciatori.

La polizia arrivò sul posto, al nascondiglio dei cacciatori, trovarono i veterinari Gioacchino e Samuele, i due veterinari furono liberati, mentre i cacciatori illegali furono arrestati e riportati nella loro nazione, la Russia, Sasà li aveva salvati quella notte, inseguendo i cacciatori, e aveva salvato anche gli animali della foresta, finalmente i cacciatori che da mesi davano il tormento agli animali della foresta, erano stati arrestati.

Ora Samuele D'Amore poteva vivere nella Savana serenamente, proprio come sognava da bambino.

L’ingiustizia di una povera donna di colore.

Siamo in Africa nel 1834, Madagascar era uno dei villaggi più poveri di questa nazione.

La famiglia Aboissa era molto povera, anche gli altri abitanti del Villaggio facevano fatica ad andare avanti, la maggior parte di loro moriva per la fame.

A far parte di questa famiglia erano Giosuè e Lilly e avevano un'unica figlia femmina che si chiamava Cumara.

Cumara anche se aveva solo 12 anni aiutava la mamma nei campi a lavorare,

La ragazza lavorava molto duramente, un giorno in Africa arrivò Lorenzo Malfitano, un uomo italiano molto ricco, cercava una schiava al suo servizio.

Lorenzo arrivava da Venezia, era un nobile ricco signore, aveva una villa grandissima e molti terreni in costruzione, gli servivano schiavi, così vide Cumara e decise di portarla con lui in Italia, L’uomo in cambio diede dei soldi ai genitori della ragazza per portarla via dal villaggio, la famiglia Aboissa accetta di vendere la loro unica figlia.

Cumara durante il viaggio disse al signor Lorenzo: “Che ne sarà di me, sarò una schiava al suo servizio vero?”

Lorenzo guarda negli occhi la ragazza e disse:

“Mia moglie è morta per una brutta malattia, da pochi mesi non avevamo figli e sono rimasto da solo cerco una giovane ragazza che mi pulisca la villa. Sì sarai la mia schiava ma non ti farò del male.”

Lorenzo e Cumara arrivarono a Venezia in Italia, la ragazza si sentiva triste e sola, i suoi genitori l'avevano venduta per un pugno di denaro, che amarezza.

Intanto la piccola schiava puliva la villa del signor Lorenzo, lei era poco più di una bambina mentre signor Lorenzo era un uomo di 46 anni, trovava la ragazza bellissima e dopo circa sei mesi che lei lavorava al suo servizio, abusò di lei.

Cumara da quella violenza rimase incinta, dopo 9 mesi nasce Camilla, il signor Lorenzo fece partorire la sua schiava, in casa sua nella sua grande villa, nessuno doveva sapere che lei aveva partorito.

Gli impediva di vedere la loro unica bambina, l'uomo aveva sempre desiderato una figlia da sua moglie Clotilde ormai defunta, ma questa bambina era di colore, non poteva dire ai suoi amici che era sua figlia, ma non poteva dire nemmeno che era una schiava! Così decide di mandarla dalle suore in un collegio, doveva crescere, studiare e diventare una donna raffinata non una schiava come sua madre.

Lorenzo si era perdutamente innamorato di Cumara ma non poteva sposare una schiava sarebbe stato un disonore per lui e per il suo cognome.

Cumara si sentiva vuota, i suoi genitori l'avevano venduta ad un uomo ricco e potente, lui aveva abusato di lei, l'aveva fatta diventare mamma e poi le aveva tolto l'amore di sua figlia.

Cumara si tolse la vita colpendo con una lama di coltello il suo povero cuore, quella dolce ragazza sensibile aveva un'unica colpa: quella di essere una ragazza povera e di colore.

Il signor Lorenzo trovò la ragazza morta nella sua villa , l'uomo aveva perso un altro amore, prima sua moglie Clotilde, con una brutta malattia poi per il suo egoismo, quella povera innocente ragazza di colore, dal rimorso si tolse la vita, gettandosi dal balcone della sua villa, ma prima del suo suicidio scrisse una lettera dov'è disse chiaramente che la bambina che lui stesso aveva rinchiuso in un collegio di suore, era sua figlia è tutta la sua eredità doveva essere data a quella bambina.

Cumara la dolce ragazza sensibile fu segnata dal suo destino per via del suo colore di pelle e della sua povertà.

Giuseppe Tassitani il cannibale.

Siamo nel 1973 in una città di Calabria, la famiglia Tassitani ebbe un figlio maschio, lo chiamarono Giuseppe.

Giulia Molfetta e Alfredo Tassitani si erano sposati da 2 anni il 26 maggio 1971, lavoravano nel loro negozio di scarpe chiamato *Carpe diem*, il loro piccolo bambino Giuseppe che era nato da pochi mesi, il 3 agosto, 1973, lo lasciavano periodicamente dai nonni paterni, nonno Giuseppe e nonna Margherita, perché erano gli unici che abitavano vicini a casa loro, mentre i nonni materni abitavano un po' più distanti.

Passano gli anni Giuseppe prende un diploma di ragioneria dopo si iscrisse all'Università della Calabria di Cosenza, voleva diventare un biologo.

Giuseppe era diventato un bellissimo ragazzo alto 1 metro e 84 centimetri , aveva i capelli ricci, castano chiaro e gli occhi castano scuro, era simile a suo nonno paterno, il ragazzo amava molto studiare e passava la maggior parte del suo tempo in camera sua a studiare , ormai dai nonni andava poco anche perché nonna Margherita era morta da qualche anno mentre nonno Giuseppe ormai aveva 91 anni ed era sempre scontroso, i nonni materni invece erano morti entrambi. Nonno Vittorio era morto nel 2 febbraio 1984 a causa di un infarto, mentre nonna Assunta era morta per una caduta dalle scale di casa sua il 7 settembre del 1987.

Giuseppe aveva molto sofferto per la mancanza di sua madre durante la sua infanzia, la signora Giulia doveva lavorare non poteva prendersi cura di suo figlio e questo Giuseppe lo aveva percepito come un abbandono, all'età di cinque anni Giuseppe prendeva spesso i trucchi di sua madre Giulia e andava a truccarsi di nascosto in bagno, quando sua madre ritornava dal lavoro il bambino riusciva a stuccarsi senza farsi vedere, quando Giuseppe frequentava le scuole elementari aveva degli atteggiamenti femminili. Michele Berardi, il bulletto della scuola aveva spesso preso in giro Giuseppe, chiamandolo femminuccia, ma il bambino ebbe la forza di affrontare il suo amico bulletto e di dirgli in faccia: Io non sono una femminuccia! Ho solo atteggiamenti diversi dai tuoi, da bambino ben educato.

Giuseppe dopo essersi chiarito con Michele, giura a sé stesso di non svelare mai il suo segreto di essere gay, così inizia anche ad avere atteggiamenti più mascolini e durante la sua crescita, nella sua adolescenza inizia uscire con molte ragazzine della sua città, senza svelare mai la sua vera identità, quella di essere un omosessuale.

Finito le superiori Giuseppe si iscrisse all'Università e conosce due ragazzi: Luca Lancetti un ragazzo che arrivava da Lamezia Terme, era alto un metro e 65 centimetri, aveva i capelli rossicci, le lentiggini sul viso e gli occhi azzurri, e Sassone Gianni, lui arrivava da un paese della Calabria chiamato Trebisacce.

I ragazzi studiavano la sua stessa facoltà biologia, dopo aver stretto amicizia Gianni disse a Giuseppe: cosa ne pensi se andassimo a lavorare qui a Cosenza io tu e Luca, poi prendiamo un monolocale in affitto e andiamo all'Università, evitando il viaggio.

Giuseppe risponde al suo amico Gianni: è un'ottima idea cerchiamo prima un lavoro e dopo un monolocale, così possiamo dividerci le spese, mantenerci economicamente da soli negli studi e nel privato senza aver bisogno dei soldi dei nostri genitori.

I ragazzi erano tutte e tre in accordo su questa bella idea che aveva avuto Gianni, andarono a trovarsi un lavoro nella città di

Cosenza, Gianni trovò lavoro in un bar chiamato la Smorfia, lui doveva fare il barista, mentre Luca e Giuseppe trovarono lavoro in una pizzeria chiamata la Bufavella, siamo al giorno 8 dicembre 1992. I tre ragazzi, che riuscirono a trovare anche un monolocale, prendendolo in affitto, andarono a vivere insieme dividendo le spese, frequentando l'università, studiando e lavorando contemporaneamente

Dopo circa sei mesi di convivenza insieme il 4 giugno 1993 si iscrisse all'Università di Cosenza anche Nicola Marchesani, il ragazzo abitava a Cosenza e voleva diventare un biologo, lui era gay ma non lo nascondeva lo faceva vedere chiaramente a tutti, rispettava la sua omosessualità e non si vergognava di dire che era diverso dagli altri.

Giuseppe si innamora perdutamente di questo ragazzo alto un metro e 81 centimetri, con i capelli biondi e gli occhi castano scuro ed un bel fisico palestrato.

Giuseppe confessa la sua omosessualità a Nicola e gli disse che si era innamorato di lui, mentre Giuseppe mentre ciò accadeva, passarono Gianni e Luca, i suoi amici.

Gianni guarda Luca in faccia gli disse: ”Abbiamo un gay nella nostra camera da letto che schifo!”

Nel frattempo i due ragazzi fanno nel loro appartamento, il monolocale, accendono la TV e non si accorgono che Giuseppe era anche lui ritornato nell'appartamento, ma studiava nell'altra stanza.

Luca seduto sul divano disse a Gianni: “Non credo di voler Giuseppe più con noi, nel nostro appartamento è un omosessuale! Io odio gli omosessuali mi fanno schifo.”

Giuseppe sentendo queste parole del suo amico Gianni si sente ferito, un colpo al cuore, tutti i suoi traumi da bambino stavano riaffiorando nella sua mente, sua madre che lo trascurava, la mancanza di affetto che sentiva senza di lei, gli amici che lo prendevano in giro alla scuola elementare, il suo amico bulletto che lo chiamava femminuccia. Giuseppe stava come per impazzire doveva vendicarsi dei suoi amici che avevano disprezzato la sua omosessualità dovevano pagarla per le brutte parole che avevano detto dietro le sue spalle. Giuseppe finge di non aver sentito nulla e continua la serata insieme ai suoi amici guardando la tv e mangiando una pizza.

Verso le 23: 00 i suoi amici andarono a dormire, erano assonnati, il mattino seguente dovevano andare a lavorare, per fortuna tutte e tre avevano il turno libero al lavoro il giovedì; ecco perché si ritrovarono insieme a mangiare la pizza davanti la TV senza essere al lavoro.

Quella sera però Giuseppe disse ai suoi amici che sarebbe andata a dormire più tardi perché voleva guardarsi un film alla TV.

Il ragazzo intorno alle 24: 00, prende in mano un'accetta che stava in quell'appartamento, (cosa facesse un'accetta in quell'appartamento i tre amici non lo sapevano, ma poteva essere di qualcuno che già l'aveva usata in quel monolocale).

Giuseppe afferra quell'accetta e va nella stanza dove dormiva Luca e Gianni; Giuseppe, prima colpisce Luca, uccidendolo sul colpo dopo colpisce Gianni varie volte, il suo amico aveva tentato di fuggire, di salvarsi, ma lui come una bestia feroce lo colpisce circa 22 volte.

Giuseppe dopo aver ucciso i suoi amici, li fece a pezzettini (una scena orribile) dopo inizia a mangiare i resti dei suoi amici, mangia prima le dita della mano di Gianni dopo inizia a mangiare i resti del braccio di Luca.

Dopo aver ucciso e mangiato una parte del corpo dei suoi poveri amici va dalla Polizia di Cosenza per costituirsi, quel bravo ragazzo studioso fu condannato all'ergastolo, i suoi poveri genitori non potevano credere che il loro unico figlio era un assassino, un cannibale.

La sua diversità nascosta e non rispettata lo aveva fatto diventare un assassino e un cannibale.

Alvaro il cavaliere bianco.

Garcia Alvaro era un giovane ragazzo di 22 anni spagnolo.

Abitava in Spagna a Madrid con suo zio Adam, in un ranch, era andato a vivere da suo zio per lavorare, il ragazzo si prendeva cura dei cavalli della stalla di suo zio , aiutando l'uomo in tutti i lavori che erano da fare, ma Alvaro non si sentiva soddisfatto di questa vita, lui voleva restare libero! Libero di vivere di nuove avventure, così prende con sé il cavallo di suo zio (Sunny) un cavallo tutto bianco , stupendo, con una criniera lunghissima, era il cavallo giusto per accompagnarlo nelle sue nuove avventure.

Alvaro dopo alcuni giorni che camminava insieme a Sunny arrivarono a Barcellona, il ragazzo era stanco e aveva tanta fame, quando ad un tratto arrivò una splendida ragazza spagnola, si avvicina, lo guarda in faccia, e gli dice: “Da dove stai arrivando cavaliere?, cosa cerchi? hai fame?” Quella ragazza si chiamava Mercedes Dimora, diede una scodella di fagioli ad Alvaro che la divise con il suo cavallo Sunny, dopo aver mangiato Alvaro ringraziò la ragazza, dicendogli: “Grazie per la scodella dei fagioli ma ora devo andare via, devo trovare un posto migliore di questo, non credo di trovarmi nel posto giusto.”

Alvaro saluta Mercedes inizia un nuovo cammino, una nuova cavalcata con il suo cavallo bianco Sunny.

Era il 21 aprile 1891 Alvaro riesce a trovare una locanda nel villaggio della Catalogna in Spagna, erano settimane che dormiva per strada insieme al suo cavallo bianco, il ragazzo desiderava solo dormire sul letto comodo, almeno (solo per una notte). Ma purtroppo invece di trovare un letto comodo e un pasto caldo, Alvaro trovò in quel villaggio (Santos) un bandito che stava rubando in una locanda.

Quel bandito con una pistola in mano, guarda Alvaro negli occhi e gli dice: “Tu da dove vieni cerchi rogna? vuoi batterti a duello con me.? Chi vince prenderà questa scodella di fagioli. Chi perde invece deve andarsene via da questo villaggio.”

Sandoz diede una pistola in mano ad Alvaro per potersi battere con lui a duello, i due uomini iniziarono il duello, Alvaro fu più astuto e abile, riesce a far cadere Sandoz dal suo cavallo e con un laccio di scarpe, lega l’uomo, dopo averlo legato consegna il bandito allo sceriffo del villaggio (Andrew), lo sceriffo era da tempo che cercava Sandoz, finalmente uno straniero gliel'aveva consegnato.

Alvaro fece ritorno di nuovo in quella locanda, mangiò una zuppa di fagioli insieme al suo cavallo, riuscendo a dormire per una notte sul letto comodo.

Il giorno seguente, Alvaro riprende la sua nuova avventura con il suo cavallo bianco, dopo alcune settimane arriva in Marocco, era esausto, sfinito, doveva riposarsi un po', quando ad un tratto gli apparve una splendida giovane donna marocchina che si chiamava Semir, la donna era vedova da due anni, suo marito Aderì era morto per una brutta malattia, Semir si avvicina da questo straniero e gli dice: “Vuoi un pasto caldo e un letto dove dormire? Io posso ospitarti volentieri in casa mia, importante che voi non mi facciate del male, perché io sono una giovane donna vedova che abita da sola.

Alvaro entra in casa di questa splendida donna, con lei divide un buon 0asto caldo preparato dalla donna, offrirono anche al cavallo Sammy qualcosa da mangiare, dopo Alvaro fa un bagno caldo e va a riposarsi.

Rimane a casa di quella giovane donna per circa due giorni, dopo era giunta l'ora che il cavaliere bianco dovesse ripartire, per una nuova avventura, nemmeno il Marocco era il posto adatto per lui e per il suo cavallo, dove poteva vivere felice e sereno. Alvaro desiderava raggiungere la propria libertà, di vivere vagabondando nel mondo, la sua vita doveva essere un'unica avventura, la donna lo guarda in faccia è gli dice: “Portami con te straniero! Sono una donna sola, vorrei restare con te e vivere con il tuo cavallo bianco andando chissà dove: girando per il mondo.”

Alvaro si era innamorato di quella bella donna marocchina, così la guarda negli occhi e la bacia con passione.

Alvaro portò in viaggio con sé Semir, dovevano trovare un posto migliore del Marocco, il cavaliere bianco riprese il suo viaggio insieme al suo nuovo amore e al suo cavallo bianco, insieme iniziarono una nuova avventura.

La vendetta della Mummia Minisci

Siamo nei tempi del 5000 a.C., in Egitto sotto la piramide di Chefren venne nascosto una mummia, la salma mummificata era del faraone André Minisci.

Il faraone era stato assassinato dal suo fedele suddito Kamar Obais.

Kamar era molto invidioso del suo Faraone, così decide di ucciderlo, portandogli un calice di vino avvelenato.

Kamar dopo aver ucciso il faraone Minisci, inizia a fare la mummificazione all'uomo, portando la salma in una piramide dell'Egitto, dopo aver rinchiuso la mummia in una cassa di legno (che lui stesso aveva costruito) scappa via dalla città dell'Egitto e di lui non si seppe più nulla.

Dopo cinque secoli siamo nell'anno 1000 d.C. un giovane ragazzo musulmano che si chiamava Arab Sadot, una notte fa uno strano sogno.

Nel suo sogno apparve una mummia, era rinchiusa in una cassa di legno dentro una piramide dell'Egitto.

Arab, il mattino seguente sentiva dentro il suo cuore, di partire per l'Egitto e di trovare la mummia, Arab lasciò la sua patria (Arabia Saudita) per andare in Egitto.

Dopo un lungo viaggio il ragazzo era stanco e affamato, ma non voleva rinunciare a trovare la piramide che aveva visto nel suo sogno, finalmente riesce a raggiungere l'Egitto (ora doveva solo trovare la piramide).

Dopo due ogni due notti che Arab camminava per l'Egitto finalmente riesce a trovare una piramide simile a quella che lui stesso aveva sognato.

Arab sentiva nel suo cuore che quella era la piramide che stava cercando così decise di entrare nella piramide. Arab era talmente stanco che preferiva fare un pisolino prima di continuare la sua caccia alla mummia, ma non sapeva che Minisci aveva già sentito la sua presenza entrare nella piramide.

La mummia riuscì ad uscire dalla cassa di legno, la salma mummificata era rinchiusa cinque secoli in quella piramide.

Il Faraone era arrabbiato di essere stato ucciso alcuni secoli prima dal suo fedele suddito, desiderava avere vendetta, per trovare pace (Kamar lo aveva ucciso per invidia e il Faraone non riusciva a riposare in pace).

La mummia esce dalla cassa di legno dove era rinchiusa e inizia a camminare piano piano, finalmente riesce a trovare l'uomo che era entrato nella piramide.

Arab si era appena addormentato ma, sentendo i passi della mummia arrivare verso di lui si sveglia, Arab, guardando pietrificato la mummia gli disse: “Ti stavo cercando! Ti ho vista in un sogno, so che hai voluto che io venissi qui da te; perché? cosa cerchi da me?”

La mummia non riusciva a parlare, ma iniziò a lottare contro l'uomo saltandogli addosso.

Tra Arab e la mummia nella piramide di Chefren inizia una lotta terribile, l'uomo purtroppo morì, venne ucciso dalla mummia, quel sogno che aveva fatto lo aveva diretto alla sua morte.

La mummia del Faraone Minisci, dopo aver ucciso il povero Arab, ritornò di nuovo nella sua cassa di legno.

La mummia era andata in sogno ad Arap per un’unica ragiona, quella di vendicarsi del suo assassino Kamar.

Arab era un discendente di Kamar, adesso la mummia aspetterà altri cinque secoli per andare in sogno al prossimo discendente del suo assassino, chissà in quale altro sogno andrà la mummia Minisci, scegliendo la sua prossima vittima! Potresti essere anche tu che stai leggendo questa storia, ma per il momento la mummia Minisci rimane solo una leggenda.

Il pentito della mafia (Pierino Coppola).

Siamo a Tropea nella provincia di Vibo Valenzia in Calabria, il mafioso Peppino Coppola chiamato per gli amici la mappa (mento sporgente), racconta alla polizia calabrese il 13 marzo 2006 tutto quello che aveva fatto durante i suoi anni di delinquenza e di malavita con la ndrangheta calabrese sotto al servizio di don Filippo Russo.

Adesso vi racconto la storia di Pierino Coppola.

Pierino Coppola nasce il 24 maggio 1961 a Tropea, era figlio di un uomo onesto e lavoratore (Salvatore Coppola), l'uomo lavorava come panettiere in una panetteria di Tropea chiamata (panetteria Marino), sua moglie Mariuccia era una brava donna di casa che accudiva la sua famiglia prendendosi cura dei suoi cinque figli maschi: Emanuele, Pierino, Giancosimo, Pino e Carmelo e di suo marito Salvatore.

Pierino era il secondo figlio della famiglia Coppola, era un bambino molto vivace e durante la sua adolescenza si dimostrò un ragazzino molto ribelle. era diverso dai suoi fratelli.

Pierino dopo le scuole elementari decide di non frequentare le scuole medie, anche i suoi fratelli avevano rinunciato ad andare a scuola, ma loro al contrario di Pierino, preferivano trovarsi un lavoro e contribuire alle spese della famiglia.

Pierino all'età di 14 anni fu arrestato insieme al suo amico Carmelo Sprovieri, insieme erano andati a rubare delle galline, nel pollaio del signor Giorgio Scaramuzzo, l'uomo vedendo i ragazzi rubare nel suo pollaio avvisa la polizia e li fece arrestare.

Pierino fu condannato a 4 anni di reclusione insieme al suo amico Carmelo, sua madre Mariuccia era davvero Addolorata vedendo suo figlio in carcere, Pierino fu portato nel carcere minorile di Catanzaro.

Suo padre Salvatore era in difficoltà economiche, non riusciva a pagare l'avvocato di suo figlio (Franco Morrone), così si rivolge a Domenico Cimino l'usuraio della città di Tropea per farsi prestare dei soldi, l'uomo gli diede i soldi per pagare l'avvocato di suo figlio, ma lo avvisa che doveva dargli anche gli interessi.

Passarono 4 anni dall'arresto di Pierino, il ragazzo esce finalmente dalla galera, ma l'usuraio Domenico Cimino pretendeva ancora dei soldi dal signor Salvatore Coppola, nonostante avesse già pagato il suo debito da circa un anno.

Pierino esce dalla galera e promette e sua madre di non portare più problemi in casa di trovarsi un lavoro e di fare il bravo ragazzo, ormai lui era un ragazzo maggiorenne e doveva pensare al suo futuro.

Pierino riesce a trovarsi un lavoro come magazziniere, ma rientrando dal lavoro il 23 gennaio 1978 assiste a delle minacce di Domenico Cimino verso suo padre Salvatore, l'usuraio diceva chiaramente a Salvatore, di dargli i soldi che gli doveva dare! Oppure gliela avrebbe fatta pagare molto cara minacciando di fare del male alla sua famiglia.

Pierino si arrabbia moltissimo, vedendo suo padre minacciato da quell'uomo, così decide di inseguire Domenico Cimino, uccidendo l'uomo sotto casa sua, pestandolo a morte, quel 23 gennaio 1978 Pierino fu arrestato e durante il processo fu condannato a 25 anni di reclusione per omicidio di Domenico Cimino.

Il padre di Pierino si sentiva in colpa verso suo figlio, pensava dentro di lui che se il figlio aveva ucciso quell'uomo, era colpa sua, quel pensiero era diventato talmente un chiodo fisso per l'uomo che decise di togliersi la vita, Salvatore Coppola si uccide il 3 febbraio 1980, sua moglie Mariuccia dopo la morte di suo marito e il dolore per l'arresto di suo figlio si ammala di cuore, muore due anni dopo il 9 ottobre 1982.

I fratelli di Pierino, Emanuele, Giancosimo, Pino e Carmelo, erano rimasti senza i loro genitori una disgrazia per la famiglia Coppola, ma andavano spesso a trovare il fratello Pierino in carcere.

Passarono ben 19 anni dell'omicidio di Domenico Cimino e Pierino fu scagionato, la sua pena si era ridotta perché lui aveva avuto una buona condotta in carcere. Pierino Coppola esce dal carcere all'età di 38 anni, era diventato un uomo alto un metro e 84 cm pelato, con gli occhi neri e profondi ma pieni di rabbia e di odio, i suoi genitori erano morti a causa di un maledetto usuraio, questo Pierino non lo accettava e promise a sè stesso vendetta.

Uscito dalla galera va a salutare con i suoi fratelli, ormai ognuno di loro si era sistemato e abitava a casa propria, la casa dei suoi genitori era rimasta sua e dopo aver salutato i fratelli Pierino va nella casa paterna per riposare.

Il mattino seguente Pierino andò a trovare don Filippo Russo, un mafioso di Tropea, disse all'uomo della ndrangheta calabrese, se lui poteva diventare un uomo al servizio, don Filippo Russo era felice che quel ragazzo che aveva ucciso 19 anni fa, un usuraio e si era fatto vendetta da solo aveva chiesto di entrare a far parte nella sua banda e lo accolse molto volentieri.

Don Filippo era un uomo di 64 anni alto 1,73 con i capelli ricci e gli occhi verdi, guarda in faccia Pierino e gli dice: “Tu hai coraggio da vendere puoi entrare a far parte e la mia banda, da oggi tu sei un uomo d'onore, un uomo al servizio di don Filippo Russo.

Pierino chiese a don Filippo Russo se poteva dargli una pistola, gli serviva per ammazzare come un cane il figlio della buonanima di Domenico Cimino, (Francesco Cimino), voleva ucciderlo per vendicare la morte dei suoi genitori, Pierino aveva troppa rabbia nel suo cuore e sete di vendetta.

Don Filippo Russo dà una pistola a Pierino dicendogli: “Bravo picciotto tu sì che sei un uomo d'onore, vai prendi la pistola e uccidi quel figlio di cane.”

L'agguato a Francesco Cimino gli fu fatto davanti la sua officina di elettrauto che aveva Tropea in via Saba, Pierino stava aspettando Francesco Cimino su uno scooter nero appena vide l'uomo si avvicina a lui e gli spara con una pistola (Beretta 98fs).

Francesco Cimino fu assassinato il 4 aprile 1999 alle ore 9:45 del mattino davanti alla sua officina.

Pierino dopo aver ucciso Francesco Cimino si tolse il cappuccio dalla testa, abbandona quello scooter (che gli era servito per uccidere Francesco) per strada e ritorna al servizio di don Filippo Russo.

Un mafioso della ndrangheta era orgoglioso di Pierino Coppola, lui poteva essere il suo braccio destro per dirigere i traffici legali che partivano da Tropea arrivavano a Cassano, allo Ionio e infine giungevano al nord nella città di Torino.

Don Filippo guardando negli occhi Pierino gli dice: "Bravo! bravo, picciotto, solo tu puoi diventare il mio braccio destro, un uomo come te è un uomo d'onore!" i due mafiosi si stringono la mano e continuano a conversare fra di loro, dei loro affari illegali.

Il boss e Pierino iniziarono a dirigere i traffici illegali: di droga, prostituzione e di arma da fuoco illegali, ma a Cassano, lo zingaro rumeno Anton Alin aveva minacciato più volte Pierino, dicendogli che quella zona dove loro portavano la droga era sua e dovevano cambiare zona e quartiere, o gli zingari gliela avrebbero fatta pagare amaramente, in via Machiavelli trafficavano la droga gli zingari Rumeni, avevano al loro servizio anche piccoli e giovani Rumeni di solo 12 anni, mandavano questi giovani ragazzi a rubare le macchine oltre che a spacciare la droga.

La droga doveva passare da via Machiavelli, dove Cosimo detto la Mandria e Fabio chiamato lo Scorpione, dovevano portare la droga da Cassano fino a Torino dal boss Alberto Quirino uno dei tanti capi della malavita della ndrangheta del Nord, oltre a lui c'erano altri boss che aspettavano la droga.

Don Filippo diede ordini precisi a Pierino dicendogli: “Toglimi di mezzo quella carogna che ci sta importunando ammazzalo come un cane e dopo carbonizza il suo cadavere.”

Pierino risponde al boss: “Non preoccuparti don Filippo domani stesso quella carogna verrà ucciso dalle mie mani, non userò nessuna arma per ammazzarlo, lo strozzo come un cane e dopo lo appiccio come si appiccia un focolare.”

Il mattino seguente il 9 novembre 1999 Pierino uccide in via Macchiavelli lo zingaro, l'uomo rumeno che avevo osato dare degli ordini a lui e al Boss don Filippo.

Pierino uccide Anton strangolando con le sue mani, era andato a Cassano allo Ionio con Vincenzo Sicolo chiamato Puntino e Alberto Mondillo chiamato lo Spazza morti, i due uomini tenevano lo zingaro immobilizzato tra le loro braccia mentre Pierino lo strangolava, dopo aver ucciso il rumeno, Pierino insieme ai suoi amici prende della benzina e la gettarono addosso al cadavere, incendiando il corpo e carbonizzando Anton.

Don Filippo all'arrivo del suo fedele amico braccio destro Pierino Coppola vuole brindare con lui con dell'ottimo champagne, per festeggiare la morte del Rumeno.

Ma la banda dei rumeni a Cassano allo Ionio voleva vendicare la morte di Alan Anton, gli zingari fanno una riunione tra di loro e decidono di iniziare una vera e propria guerra di bande malavitose, Abu Balan un uomo di 34 anni alto un metro e 65 cm aveva i capelli neri e gli occhi neri, Alexandru Adelean un ragazzo di 28 anni alto 1,78 cm, aveva i capelli biondi e gli occhi castano scuro, Cajocaru un uomo rumeno di 32 anni alto 1,58 con i capelli castano chiaro e gli occhi verdi, arrivarono a Tropea con un'unica intenzione quella di vendicarsi, catturarono

Alberto Russo prendendo in ostaggio il ragazzo di 22 anni, era il nipote di don Filippo figlio di suo fratello Ferdinando.

Alberto era un ragazzo alto un metro e 94 cm, aveva i capelli neri e gli occhi castano chiaro, portarono il ragazzo dentro un casolare, (un nascondiglio) in viale Raf vallone, uccidono il ragazzo picchiandolo a sangue e dopo infilano il cadavere del ragazzo dentro un sacco di spazzatura nera, portando quell'enorme sacco nero, davanti al portone di casa di don Filippo.

Il boss don Filippo, trovando il cadavere di suo nipote davanti al portone di casa sua promette a sé stesso di vendicarsi, doveva uccidere tutti gli zingari Rumeni di Cassano allo Ionio.

Dopo i funerali del ragazzo inizia una vera e propria guerra mafiosa, uno sterminio a Tropea, gli uomini di don Filippo insieme a Pierino iniziarono a uccidere i rumeni che ancora stavano nella loro città ma dovevano fermare e massacrarli prima che arrivassero di nuovo a Cassano allo Ionio. Così catturarono Aby Belan, un uomo della banda dei rumeni, massacrandolo di botte e dopo gli spararono 11 colpi di pistola, il suo cadavere era massacrato dalle percosse e dalle pallottole.

Nel frattempo arrivarono altri uomini rumeni, zingari a Tropea catturarono e uccisero Alberto Mondillo, Vincenzo Sicolo e Marchese Mattia, gli uomini di don Filippo uccisi a colpi di kalashnikov.

Pierino non voleva più continuare ad essere un assassino, ad essere il braccio destro di don Filippo, c'era troppo sangue troppi massacri, troppi omicidi, l'uomo si era pentito di tutti i crimini commessi.

Pierino Coppola, si costituisce alla polizia di Tropea, racconta alla polizia tutti i crimini che aveva commesso negli ultimi anni, i crimini che aveva fatto per don Filippo Russo, dopo la confessione di Pierino, il boss è i suoi uomini sopravvissuti al massacro con gli zingari Rumeni furono arrestati e portati in galera, la guerra con gli zingari di Cassano e il boss Filippo Russo, finisce perché un pentito del camorrista aveva confessato tutti i suoi crimini.

Il boss don Filippo e i suoi fedeli vennero a conoscenza che il pentito era proprio Pierino Coppola, il braccio destro di don Filippo.

I fratelli di Pierino Coppola furono portati via da Tropea e protetti dalla Polizia dello stato italiano, il pentito fu portato in una cella di isolamento protetto e nascosto dagli altri mafiosi, Pierino Coppola doveva subire processi contro don Filippo ma l'uomo ebbe un crollo emotivo e si tolse la vita impiccandosi nella stanza dove alloggiava, lui era stato portato in una comunità di Cremona dove era protetto insieme ai suoi familiari (fratelli).

Enrico Alberti un poliziotto che sorvegliava Pierino Coppola trova il suo cadavere il 22 marzo del 2000.

Pierino Coppola si era pentito di tutto quello che aveva fatto nella sua vita ora con il suo pentimento riposava in pace.

Lo scarafaggio Germone e la tartaruga Sentuz amici per la pelle.

Nella foresta Nera situata nella Germania sud occidentale abitava un piccolo scarafaggio che si chiamava Germone, sua mamma Serfy lo aveva lasciato nella foresta da solo, perché lo scarafaggio era molto dispettoso con i suoi fratelli e per pulirlo decide di abbandonarlo al suo destino, non voleva più prendersi cura di lui.

Prima di abbandonare suo figlio Serfy gli disse queste parole: "Germone tu sei uno scarafaggio monello dispettoso con i tuoi fratelli non ubbidisci mai e fai sempre di testa tua, da oggi in poi io non mi prenderò più cura di te vai per la tua strada, io papà Bombom insieme ai tuoi fratelli andiamo per un'altra strada."

Germone si ritrova da solo nella foresta Nera, guardava quegli alberi così grandi, sentiva gli ululati degli altri animali, la notte si avvicinava e lo scarafaggio tremava per la paura.

Doveva subito nascondersi o sarebbe stato un'ottima preda per gli animali della foresta.

Germone si era pentito di aver fatto arrabbiare sua mamma, suo padre e i suoi fratelli, ma non c'era nulla da fare ormai era rimasto da solo e doveva subito nascondersi perché il buio della notte faceva davvero paura.

Il mattino seguente lo scarafaggio inizia il suo cammino nella foresta Nera, ma Bryan Muraca un uomo che era andato a caccia di selvaggina, calpesta lo scarafaggio, ohi! ohi disse: "Germone, che dolore; la mia zampetta e ferita…"

Il signor Brian non si accorse che aveva calpestato uno scarafaggio e continua la sua caccia di selvaggina nella foresta, allontanandosi da Germone.

Germone dal dolore che provava perse i sensi e a ritrovarlo fu la tartaruga Sentuz, la tartaruga per svegliare lo scarafaggio gli fa il solletico.

Germone guardando la tartaruga gli disse: "Sono stato ferito da uno stivale, un cacciatore mi ha calpestato la zampetta sinistra, sono ferito, tu puoi aiutarmi per favore?"

La tartaruga gli risponde: "Mi chiamo Sentuz sono una piccola tartaruga triste e sola in questa Grande foresta Nera, i miei genitori sono stati catturati dai cacciatori nella foresta, spesso noi tartarughe veniamo catturate dagli uomini, dai cacciatori, e tu scarafaggio, cosa fai tutto da solo in questa Grande foresta Nera?"

Germone risponde alla tartaruga: "Sono stato uno scarafaggio monello. Ho fatto tanti dispetti ai miei fratelli, la mia cara dolce mamma Serfy mi hai abbandonato."

Sentuz aiuta a medicare con dell'erba medica che cresceva sotto un tronco di un albero, coprendo la zampetta ferita di Germone, lo aiuta anche, piano piano ad alzarsi e camminare.

Ormai la zampetta di Germone era quasi guarita, non sentiva più tanto dolore, lo scarafaggio riusciva anche a camminare, così Germone lo scarafaggio e Sentuz la tartaruga, giravano felici per la foresta, guardando e ammirando le bellezze della natura.

I due piccoli amici diventano amici per la pelle, dopo qualche giorno insieme nella foresta Nera Germone vide da lontano un'ombra avvicinarsi, sembrava sua madre.

Lo scarafaggio guardando la sua amica tartaruga esclamò e disse: "Guarda Sentuz, mia madre mio padre i miei fratelli!"

La tartaruga gli rispose: "Io non conosco la tua famiglia non posso riconoscerli!" I due piccoli amici si avvicinarono sempre di più a quelle ombre che arrivavano da lontano, "Non mi sbagliavo" disse Germone alla tartaruga, "sono proprio loro papà Bombom mamma Serfy e i miei 3 fratelli Gaga, Sabbione e Molliccio."

Mamma Serfy si commuove vedendo suo figlio Germone, lo scarafaggio riabbraccia sua mamma, papà Bombom e i suoi fratelli chiedendogli perdono, promettendo anche di non fare più i dispetti ai suoi fratelli.

La famiglia degli scarafaggi era unita, ora potevano continuare un'altra meravigliosa avventura nella foresta Nera, insieme portarono anche Sentuz la tartaruga.

Germone e Senduz continuarono la loro meravigliosa avventura restando amici per la pelle. (chissà se anche Sentuz un giorno avrebbe potuto ritrovare i suoi genitori catturati dai cacciatori).

AFORISMI

Mi hanno ferita, umiliata, ingannata; pazienza! posso farne a meno dell'affetto degli altri: io sono come sono! è né vado fiera,

Lo ammetto: ho la capacità di tollerare alcune personalità eccessivamente stupide, mah! non capisco perché esistono nel mondo queste persone.

Chi siamo noi?

Polvere senza amore.

Chi ha bisogno di apparire al mondo, non appartiene a sé stesso.

La mia sensibilità mi fa amare profondamente la vita.

Sono un'anima maledetta! La mia sensibilità mi fa soffrire molto.

Preferisco bagnarmi di solitudine, aspettando che prima i poi arriverà il sole per me.

Ti feriranno in tanti, lo so! farà maledettamente male, ma tu! non dimenticare mai di essere sempre una bella persona.

Sono un'anima bianca, un'anima buona pronta ad accogliere il mio dolore.

Ho sofferto molto nella mia vita! Ecco perché non amo far soffrire gli altri.

Preferisco avere dei sogni! che avere dei bisogni.

L'umanità la ritrovo solo guardando gli occhi innocenti dei bambini.

Non devi mai capire l'ignoranza delle persone, dovrai solo continuare la tua vita nei migliori dei modi.

Che amore che provo per te vita mia! Provo quell'amore che io non ho ricevuto mai da nessuno.

I miei stati d'animo arrivavano dalla mia lontana infanzia, una carezza mancata mi ha segnato l'esistenza.

Poesia: curiosa di ammirare.

Curiosa di ammirare la tua bellezza, il tuo egoismo, il tuo essere.

Curiosa di capire, immersa nel dolore io ero ancora curiosa.

Amor che tanto mi ferivi l'animo, perché mi chiedo, io provo così tanto dolore?

Curiosa mi sentivo vagheggiando, continuai ad amare la mia vita.

INDICE

Bologna 5 gennaio 2022

edito Una vita di stelle library

Group A.V. ITALIA S.R.L.

unavitadistelle@gmail.com

www.unavitadistelle.com

Bologna

www.ingramcontent.com/pod-product-compliance
Ingram Content Group UK Ltd.
Pitfield, Milton Keynes, MK11 3LW, UK
UKHW021917190726
13853UKWH00002B/718

9 791280 619518